8

D0600014

Un largo silencio

Autores Españoles e Iberoamericanos

La Fundación José Manuel Lara y
Editorial Planeta convocan el Premio de Novela
Fernando Lara, fiel al objetivo de Editorial
Planeta de estimular la creación literaria y
contribuir a su difusión

Esta novela obtuvo el V Premio de Novela
Fernando Lara, concedido por el siguiente
jurado: José Manuel Lara Hernández,
Terenci Moix, Luis María Ansón,
Carlos Pujol, José Enrique Rosendo
y Manuel Lombardero

Ángeles Caso

Un largo silencio

Premio de Novela Fernando Lara
2000

 Planeta

© Ángeles Caso, 2000

© Editorial Planeta, S. A., 2000
   Còrsega, 273-279, 08008 Barcelona (España)

Diseño de la colección: Silvia Antem y Helena Rosa-Trias

Ilustración de la sobrecubierta: foto © Robert Capa/Magnum

Primera edición: octubre de 2000

Depósito Legal: B. 41.043-2000

ISBN 84-08-03640-8

Composición: Foto Informática, S. A.

Impresión y encuadernación: Printer Industria Gráfica, S. A.

Printed in Spain - Impreso en España

Para José Luis, Teresa y Lichi,
mi querido pasado.
Para Alicia, Juan y Pascal,
por colaborar con tanto esplendor en el futuro.
Y para los Lera, los del otro mundo,
los que sobrevivieron en silencio a la derrota

Has visto en los ojos de los soldados derrotados
la amarga voluntad de vivir.

TASSOS LIVADITIS

Nous sommes dans la vie comme ces hirondelles
Qui vers le crépuscule joignent leurs ailes
Et traversent le ciel en lutte contre le soir
Pour s'éloigner du Mal, se consoler du Noir.

BÉATRICE DUPLESSIS

EL REGRESO

—

El aguacero no logra espantar a la gente. Al fin y al cabo, es lo adecuado, dada la advocación de la Virgen. De hecho, la lluvia sobre la procesión no hace sino reafirmar la bendición celeste sobre la ciudad. Además la mayor parte de esas personas lleva horas en la calle. Muchas aguardan incluso desde la noche anterior, y ahora, después de tanta espera, no están dispuestas a irse. Las primeras llegaron cuando las campanas del convento de las agustinas daban las ocho, y atardecía. Más allá de la colina del Paraíso, al otro extremo de la playa, se habían acumulado unas nubes densas que presagiaban el agua del día siguiente. Las acompañaba la falsa placidez del mar, oscuro ya y tranquilo como un animal al borde del sueño, rítmica la respiración. A pesar del augurio, la gente siguió acudiendo, con la pretensión de ocupar las primeras filas. Traían mantas, algo de comer y aquel extraño anhelo en las miradas, el ansia de acecharse, vigilarse, espiar en los ojos de los otros la sinceridad o el fingimiento, mezclado al afán de exhibir en los propios la fe o el disimulo.

Esta mañana todos pretenden ser los más devotos, los más agradecidos al dar la bienvenida a la Virgen de la Lluvia, que regresa a su santuario en las montañas después de haber vivido casi tres años en una embajada del extranjero, protegida contra las furias. Vuelve ahora —más virgen y pura y santa que nunca— transportada en un camión militar entre nubes de estofas y cartón hasta la linde de la provincia, y desde allí a pie, por caminos y carreteras, a través de los pueblos y las ciudades. Multitudes emocionadas y lloronas reciben la comitiva, y se arrodillan al paso solemne de aquella madre gloriosa, la misma que ha dirigido desde los cielos el caminar de los soldados que lucharon en su nombre y la trayectoria de sus balas y de sus bombas, igual que la diosa Atenea dirigió los mandobles de los aqueos en la lejana guerra de Troya.

A medida que transcurre la mañana, las gentes se apelotonan expectantes en las aceras, cerrándose el paso las unas a las otras. Por la calzada van y vienen, además de los soldados encargados de vigilar el orden, los vendedores ambulantes. Cierto es que no hay mucho que vender, pero en las últimas semanas algunos han acaparado alimentos que ahora pregonan mientras cargan sus grandes cestas o empujan los carritos olorosos: patatas asadas, sardinas fritas, bígaros cocidos y hasta erizos de mar crudos. Hace tiempo que no se ven ni se huelen tantas cosas ricas, y algunos palidecen ante el prodigio y se les hace la boca agua y hasta se les retuerce el estómago. Pero todo es poco para recibir a la santísima patrona. Por eso desde las aldeas vecinas han bajado también algunas mujeres con cestos de flores, calas blancas, hortensias azules, caléndulas amarillas y grandes rosas pálidas. Un tropel de señoras emperifolladas se las arrebata de las manos. En el cabello bien peinado, la finura de las mantillas, el lustre de la ropa y la carga ostentosa de joyas al cuello o en los brazos, se les nota de lejos que la guerra no ha perjudicado demasiado la economía de sus familias, sin duda sabiamente administrada por un padre o marido astuto. Algunas, a pesar de ser ya finales de junio, lucen incluso sus abrigos de pieles. Poco a poco, mientras avanzan las horas, la ropa se les pega bajo ellos al cuerpo, del sudor que causa la temperatura del día unida al calor de la muchedumbre apretujada y al de la excitada emoción de la espera. Pero se han prometido firmemente a sí mismas —y muchas hasta aseguran haber hecho el voto tres años atrás, el día en que la imagen fue trasladada lejos de allí— que la esperarán compuestas con sus mejores galas, haciendo así pública exhibición de poderío y, a la vez, de exaltada fidelidad a las ideas triunfadoras.

Esta mañana son ellas las más ruidosas, las más visibles. Se llaman a gritos, cruzan sin cesar de una acera a otra para saludarse entre besos y lágrimas fáciles, se enseñan mutuamente ropas, joyas, escapularios e insignias, compran todo lo comprable a los vendedores ambulantes, se paran a hablar con las monjas —tan visibles como ellas, aunque mucho más silenciosas—, sonríen a los falangistas y a los militares, regañan a las pandillas de muchachos bulliciosos que corretean entre la multitud y miran con conmiseración a las mujeres mal vestidas y greñosas que, a veces, les responden con gestos de desprecio. De improviso, por hacer alarde de buen corazón, alguna de ellas compra pescado o patatas para un niño sucio y de ropa andrajosa, y el ejemplo cunde entre sus iguales, entregadas durante un rato a la caritativa tarea de alimentar a los pobres. Pero, alertados por el aviso de la fortuna, pronto son demasiados —y demasiado chillones— los que reclaman comida, dinero, ropa, lo que sea. Las señoras se asustan, y los soldados tienen que intervenir para alejar a los harapientos, que refunfuñan y hasta blasfeman en voz baja mientras se alejan. Desagradecidos, que son unos desagradecidos, se oye exclamar, aquí y allá, a las mujeres indignadas, respaldadas ya por los hombres —maridos, padres, hermanos, novios— que, abandonando pronto por un día las tareas laborales, las acompañan ahora en la espera.

Hacia las tres y media, desde los arrabales de la ciudad, allá por los cerros de la Huesera, empieza a correr el rumor: la comitiva se acerca al fin. Al cabo de unos minutos, las campanas de todas las iglesias de Castrollano tañen a la vez, con una infinitud de sonidos felices y exaltados que parecen reflejar en los aires el parloteo exaltado y feliz de la muchedumbre. Quienes se han apiñado junto a la Puerta del Valle, al lado del arco triunfal adornado de ramas y flores, son los primeros en divisarla. Precedida por el obispo y varios oficiales del ejército, acompañada de un gentío de canónigos y monaguillos que avanzan portando estandartes y cruces y esparciendo vaharadas de incienso, la Virgen de la Lluvia se bambolea en las alturas, por encima del tumulto, sobre sus andas doradas, bajo palio púrpura y húmedo. A medida que se acerca a las calles empedradas del centro de la ciudad, el aguacero empieza a arreciar. Algunos abren paraguas o extienden sobre sus cabezas las mantas nocturnas o los abrigos, pero nadie se mueve de su sitio más que para arrodillarse al paso de la imagen, como empujados todos por una fuerza sobrenatural que silencia al tiempo el griterío, convertido de pronto en un único y espectral susurro de rezos, suspiros y sollozos. Hasta los niños callan, impresionados por la devoción de la multitud, y contemplan boquiabiertos el desfile —a paso algo más ligero de lo previsto, a causa de la lluvia— de casullas y uniformes, armas y cruces.

Solemne, brillante y empapada, la procesión recorre las calles bordeadas de penosas ruinas, casas agujereadas como puertas de infiernos, casas apuntaladas como viejas inválidas, casas vacías y frías y deshechas —descolgados los batientes, llenos de sucias cicatrices los muros, rotos los cristales— como los despojos de un mundo en descomposición. Al llegar a la playa, ocurre el prodigio tan esperado. Justo en el momento en que el arzobispo, con su alta mitra y su blanca capa pluvial bordada de oro, dobla la esquina de la calle del Sol, frente al balneario de Mediodía, el mar se apacigua. La marea alta y el temporal habían traído consigo un estallido de olas oscuras, que chocaban infatigables contra el muro del paseo, salpicando de espuma y agua las aceras y resonando ensordecedoras sobre las voces preocupadas de las gentes, que temían que la comitiva se viese obligada a variar el rumbo por no someter a tantas personalidades, además de a la propia Virgen, a la mojadura marítima. Pero ahora, de pronto, las olas se amansan, y vienen a lamer silenciosas y sumisas la estrecha lengua de arena, arrullando el paso del cortejo. La muchedumbre cae aquí de rodillas con énfasis mayor, admirando el suceso, y algunos hasta se atreven a gritar la palabra milagro, que salta sobre las cabezas y recorre pronto las calles del resto de la ciudad, aún recogidas en tensa devoción.

Al fin, la Virgen y sus andas y todos sus acompañantes desaparecen al extremo del paseo por la gran puerta de la iglesia de San Pedro. Entonces, como si una orden celestial las impulsara, un tropel de voces empieza a entonar el himno de la Madre de la Lluvia, Viirgen santa y puura, bendiice esta tierraa que quiere seer tuuya... Suenan las notas al tiempo, desde puntos diversos de la plaza, pero no logran ponerse de acuerdo en el tono, y al cabo, Castrollano entero estalla en un estruendo de inarmonías y desafinamientos, que hace chillar enloquecidas a las gaviotas, maullar a los gatos, llorar a los niños pequeños y llega a arredrar a las mismísimas campanas, enmudecidas de pronto.

Y es en ese momento, en el preciso instante en que la comitiva entra por la puerta de la iglesia y el gentío arranca a cantar, cuando el tren donde viajan las mujeres de la familia Vega se detiene en la estación. Ninguna se ha levantado aún del asiento, salvo Merceditas, que apenas alguien anunció la cercanía de Castrollano, al adivinar a lo lejos la alta silueta del Redentor sobre la torre de la Iglesia Vieja, se abalanzó hacia la ventanilla y forcejeó con ella hasta que logró abrirla, sin asustarse de los hollines ni de la lluvia, que pronto formó un charco sobre el suelo, salpicado de manchas oscuras. Ninguna le dijo nada, sin embargo, como si el cansancio y la emoción las hubieran dejado mudas y olvidadas de la disciplina. Sólo Letrita reaccionó al cabo de un rato, cuando desde un asiento vecino se oyó protestar. Entonces obligó a la niña a cerrar la ventanilla y sentarse, aunque al momento volvió a descuidar sus propias normas y le permitió hablar en voz muy alta, casi a gritos, mientras agitaba las piernas en el aire, pateando de paso a la tía María Luisa, sentada frente a ella:

—¡Ya estamos, ya estamos...! Abuela, ¿te acuerdas de ese bosque y de la aldea? ¿Te acuerdas de todo?

Letrita ni siquiera contestó.

Se limitó a sacudir la cabeza afirmando, pero mantuvo fija la vista al frente, lejos del paisaje que no quiere volver a mirar por miedo a encontrarse con una tierra que acaso ya no es su tierra, con el espectro de una Letrita que quizá no sea ya ella misma, aquella que se quedó allí casi dos años atrás, entre las paredes de la casa acribillada a balazos, junto al marido muerto en vida. No quiere mirar el paisaje, que va desfilando sin embargo en su cabeza al ritmo lento y machacón del tren, los caseríos blancos de Cigual con las matas de hortensias en flor y las higueras reventándose ya de higos verdes, los prados suaves en los que pastaban las vacas y una burra negra amamantaba a su cría a la sombra de un fresno, la ermita de la Santa Cruz sobre la colina y el gran tejo que goteaba la lluvia al camino embarrado, las primeras casas de la ciudad, sucias y llenas de niños que se asomaban a los ventanucos para decir adiós al tren y allá, al fondo, la gran mancha oscura del mar, el olor del mar y el sonido del mar... No quiere mirar porque está segura de que si mira sólo verá el vacío, la ausencia del marido muerto, la ausencia del hijo muerto, los agujeros de todos los muertos y los desaparecidos y los presos, los agujeros del silencio que habrán de guardar de ahora en adelante y del hambre que ya están pasando, el vacío de las casas bombardeadas, de los niños destrozados, de las vacas sacrificadas, de los árboles talados, de la gran mancha oscura del mar.

Letrita pestañea deprisa y aprieta el cuello gastado del abrigo contra la piel. Las demás la observan calladas, y Feda, sentada a su lado, le pone un momento la mano sobre la manga, aunque la retira enseguida, temiendo dejarse llevar por la emoción y romper a llorar, como de costumbre, desbaratando así todos los secretos planes de firmeza. Hasta el momento se está portando bien. Hace ya tres días que han salido de Noguera, después de despedirse de la tumba del padre, dejando sobre ella un puñado de ramas del almendro y los naranjos de la casa. Tres días de trenes, asientos duros como piedras, noches de duermevela, lavados de gato en las fuentes de las estaciones, bocadillos compartidos en las cantinas sucias y una taza de manzanilla después, para entonar los cuerpos desmadejados. Tres días de cruzar campos asolados y tristes, ciudades que parecen sostenerse en pie por la milagrosa acción de alguna fuerza contraria a la gravedad, poblachones de muros desparramados como lava de volcanes —temblorosas las torres heridas de las iglesias, de las que huyeron hace tiempo las cigüeñas en busca de otros nidos silenciosos— y cementerios grandes y solitarios que parecen albergar a todos los muertos del mundo. Tres días de sol seco, azuzado, de insoportable luz puntiaguda, igual que si un millón de alfileres viniesen a clavarse sobre las cosas destrozadas, haciéndoles sangre, y de amaneceres fríos en los que hubo que echarse encima varias capas de ropa y apretarse las unas contra las otras sobre los incómodos asientos de tantos vagones de tercera. Tres días en los que no ha llorado ni una lágrima. Bueno, un poco sí, pero sólo un poco, y a escondidas además de las otras, que la vigilan cuando sale de los retretes, respirando hondo y fingiendo sonreír. Así que, después de tanto esfuerzo, no va ahora a rendirse y ponerse a sollozar, a pesar de las ganas que le han entrado al sentir el olor del mar que ya llega por las ventanillas, más fuerte incluso que el de los humos de la máquina. A Simón le saben los labios así, a mar, a sal y a yodo, y a lluvia y a montaña y a río y a sexo y a luz y a mañana de verano y a café con leche. A Simón le saben los labios a todo lo bueno de la vida.

Los labios y el resto del cuerpo... ¿Cómo ha podido vivir dos años sin ese gusto y sin ese cuerpo? Dos años sin saber nada de él, salvo que no está muerto, y que todavía la quiere, eso sí que lo sabe, porque muchas veces lo siente tocándola, y mordiéndole y metiéndose dentro de ella, y si ella lo siente es porque él lo está pensando, y Feda no cree probable que los muertos piensen en esas cosas, la verdad... Ahora mismo irá a verlo. En cuanto lleguen. Irá corriendo a su casa, al enorme caserón sobre la colina donde tanto lloró la última vez que estuvo, y se abrazarán y se besarán aunque esté su madre, qué importa ya su madre después de dos años sin saber nada el uno del otro, lo besará, le morderá los labios, ya siente otra vez el sabor de la sal y...

—¡Feda! ¡Coge tu maleta! ¿O pretendes que te la bajemos nosotras, guapa?

A María Luisa le cuesta trabajo levantar la voz después de tanto tiempo sin hablar, casi desde que el tren arrancó de la estación de León. Le sale como un ronquido antes de poder pronunciar con su tono más desagradable el nombre de Feda, y al final acaba rugiendo, porque de pronto siente una furia inmensa, y tiene ganas de gritar y dar patadas y puñetazos y romperle la cara a aquella caprichosa, siempre jugando a la hermana pequeña y debilucha... Está harta de sus dolores de cabeza y sus lágrimas, de sus náuseas y sus desfallecimientos, y de tener que cuidarla como si fuera una enferma cuando en realidad es una niña malcriada, acostumbrada a que todo el mundo la mime y le resuelva los problemas, encantada de poder quedarse en la cama quejándose mientras los demás se ocupan de todo. ¡Ya está bien! Antes todavía podía pasar, cuando vivían el padre y Miguel, cuando Fernando estaba libre, antes, sí, mientras fueron una familia normal y el dinero entraba cada mes en casa, cuando la guerra aún no había empezado, antes, en otro tiempo y en otro mundo. Pero ahora todo ha cambiado. Son un puñado de mujeres pobres, lo poco que aún guardan de los ahorros de su padre ya no les sirve para nada, ese montón absurdo de billetes de la desdichada República invalidados por el hijo de puta de Franco. ¡Si hasta para volver a casa necesitaron la ayuda de don José, el párroco de Noguera, que se apiadó de ellas y les entregó a escondidas la colecta del cepillo de varios domingos!

Volver a casa... María Luisa ni siquiera está segura de que aún tengan casa. Han pasado casi dos años desde que se fueron, en octubre del 37, y a saber qué ha ocurrido entretanto. Lo más probable es que doña Petra, que tanto los odiaba por sus ideas, le haya alquilado el piso a otra familia. Suponiendo además que el edificio haya logrado sobrevivir a los bombardeos, y eso ya es mucho suponer. Ella finge estar convencida de que todo sigue igual, pero sólo lo hace por no desilusionar a la madre, que habla de la casa con la total seguridad de que todavía es suya. Cada día, durante todos los que han pasado fuera, en el barco, o en los trenes mientras cruzaban Francia y Cataluña, o en el caserón de Noguera donde se instalaron con aquel matrimonio tan antipático pero que, a Dios gracias, aceptó alquilarles buena parte de su enorme propiedad vacía, durante todo aquel tiempo, incluida la noche en que el padre se puso enfermo y se murió y la mañana del entierro, cada uno de aquellos días durante casi dos años, su madre ha hablado del piso como si siguieran conservándolo, como si simplemente se hubiesen ido de vacaciones y estuviera preocupada por la acumulación de polvo sobre los muebles o la posibilidad de que las polillas se comiesen las alfombras. Las mañanas de lluvia, mientras contemplaba los naranjales que se desentumecían bajo el agua, solía decir: Espero que la ventana de mi habitación haya quedado bien cerrada, esa ventana siempre ha dado mucha lata, tenemos que arreglarla en cuanto volvamos, Publio. El padre la miraba como si aún la comprendiese, y todas se ponían a recordar la gran habitación con sus muebles oscuros, la cama de dos colchones de lana, tan alta que, cuando eran pequeñas, competían a escondidas de los mayores para lograr subirse a ella sin necesidad de encaramarse antes al silloncito, y las fotos amarillentas de los abuelos sobre la cómoda en la que se guardaban preciosas enaguas de sedas ya desteñidas, medias de algodón sin estrenar, abanicos con dibujos de flores y princesas chinas, una cajita de laca llena de broches de formas diversas, con los que su madre suele sujetar las toquillas y los chales que siempre lleva por encima de las blusas, y varias decenas de pañuelos de batista finísima, bordados para su ya viejo ajuar por las Pelayas, en el mismo monasterio en el que se había muerto, de pena y de frío, la tía Elisa.

¿Adónde habrá ido a parar todo aquello? Ella calla —y también Alegría— para no preocupar más de la cuenta a su madre y a Feda, que ha vivido todo aquel tiempo ajena a cualquier problema que no sean sus malestares o la falta de noticias de Simón, pero está segura de que nada encontrarán. No. Cuando las cosas van mal, van todo lo mal que pueden ir, y todas a la vez. Si te empiezan a ocurrir desgracias, te ocurren unas cuantas seguidas. María Luisa llega a pensar a veces que eso que llaman la vida es un ente propio, una especie de ser supraterrenal, infantil y caprichoso, dedicado a jugar con las personas, exactamente igual que cuando ella jugaba de pequeña con su muñeca: Ahora eres mi niñita querida y yo te acuno, te doy calor, te canto una canción suave al oído para que te rías y luego te duermas, ahora no me gustas, eres fea y tonta, y te arranco tu bonito vestido y te dejo desnuda y a la intemperie, y además te tiro del pelo y te retuerzo los brazos y te doy golpes en los cachetes... Sí, de pronto, cuando crees que la vida es suave y cálida, aparece la mala suerte, y te atrapa en esa jaula de la que parece que no puedes salir, tupida, tan oscura. Pero luego, un día, la mala suerte se resquebraja por algún lado. Un día, sin darte cuenta, ves una estrella fugaz en el cielo, o florece la pobre plantita que has estado cuidando sin pensar que florecería, o recibes carta de tu marido encarcelado. Un día. Entretanto hay que echarle valor y procurar que la intemperie te haga temblar lo menos posible. María Luisa lo ha aprendido de su padre, que tanto confiaba en ella. Tú sí que tienes arrestos, hija, le decía, tú como un hombre, y así debe ser. Incluso la noche antes de morirse, cuando recuperó de pronto la lucidez y el habla, mientras se quedaron a solas durante un rato, se lo repitió, y le hizo saber cuánto confiaba en ella para que cuidase de su madre y sus hermanas, que eran mucho más inocentes y también más débiles. Pero no puede hacerlo todo sola. Porque también ella tiene miedo y frío y hambre. También ella se desespera pensando en Fernando, preso desde hace siete meses. Por la noche, mientras se cepilla el pelo antes de acostarse, le parece ver al fondo del espejo —en otro espacio que nada tiene que ver con el de aquel cuarto, en un lugar difuso y lento, como cubierto de nieblas— la cara de su marido, aún más flaco que de costumbre, con los moratones de las palizas en los pómulos y alrededor de los ojos miopes, y una sonrisa temblorosa con la que trata de disimular el miedo a ser levantado a patadas cualquier amanecer y conducido hacia las tapias de la cárcel, y entonces será el fin... Algunas veces tiene que morderse su propia mano para no ponerse a gritar ante aquella imagen, y termina frotando y refrotando el espejo con una toalla por tratar de borrarla, vete, vete, le susurra, no vengas a angustiarme, porque si me angustias no podré hacer nada por ti ni por mí ni por todos los demás...

El hombre del bigote y la camisa azul, el mismo que ha estado haciendo comentarios desagradables y en voz muy alta durante todo el viaje, incrusta la punta de su maleta en el muslo de Merceditas, que chilla.

—Venga, venga, ya está bien, bajaos ya o dejad bajarse a los demás...

—Es usted un grosero, señor, ¿qué se ha creído?

Alegría habla sin levantar la voz, frotando entretanto la pierna de su hija con la mano, por quitarle el dolor. El hombre del bigote y la camisa azul la mira con deseo y desprecio, y la boca se le desdibuja en una asquerosa sonrisa de medio lado.

—Piojosas... —murmura—. Acabaréis de putas...

Letrita se le planta delante, altiva la cabeza, brillantes los ojos, como crecida. Hasta el viejo abrigo de luto parece haber recuperado de pronto el brillo de los primeros tiempos. María Luisa y Alegría la flanquean en silencio, respaldando la autoridad materna. Feda, arrinconada entre los asientos, pasa la mano por los hombros de Merceditas. Mirándolo firmemente a los ojos, Letrita pronuncia las palabras muy despacio, con voz tan firme que todo el vagón, donde ahora se ha hecho el silencio, puede escucharla:

—Puta lo será tu madre. Cerdo.

El hombre palidece. Le tiembla el labio superior. Grita:

—¡Dame tus papeles!

Letrita aguanta la mirada, sostiene la voz:

—¿Quién es usted para pedírmelos?

El hombre levanta la mano. Alegría y María Luisa avanzan entonces hacia él, dispuestas a impedir que pegue a la madre. El revisor, alertado por algún viajero del suceso, llega en ese momento, acompañado por dos soldados que han echado ya las manos a sus fusiles.

—Vamos, vamos, camarada, no armemos escándalos, por favor... Le ruego que baje usted del tren. Ya nos ocupamos nosotros del asunto.

—¡Estas andrajosas me han insultado!

—Olvídese, camarada. Esto es cosa nuestra, vaya tranquilo.

El hombre parece aceptarlo. Vuelve a coger su equipaje, pero aun antes de bajar se gira hacia Letrita, que no se ha movido de su sitio y sigue sosteniéndole la mirada:

—¡Puta vieja!

El escupitajo cae sobre un resto de manzana sucia. Al fin, aún refunfuñando como un energúmeno, el hombre baja del tren y desaparece entre la gente, golpeando a unos y a otros con su maleta.

El revisor mira aquel grupo de mujeres. Deben de estar agotadas del viaje. La niña tiembla un poco. A Feda le caen —ahora sí— unas lágrimas silenciosas por las mejillas. Las otras, en cambio, se mantienen tranquilas, o eso parece, como si el incidente no hubiera alterado lo más mínimo la confianza en sí mismas. La mujer mayor, a la que el hombre ha gritado su sucio insulto, parece incluso sonreír. El revisor se fija en su peinado, intachable. Ha debido de arreglárselo antes de llegar a la estación. Recuerda a su madre cuando iba a fregar después de quedarse viuda. Siempre tenía las manos llenas de sabañones y su ropa estaba vieja y remendada una y otra vez, pero jamás salía de casa sin haberse planchado minuciosamente el vestido y haberse sujetado el pelo, bien tirante, con un puñado de horquillas. Les sonríe:

—Esperen un poco antes de bajar, no vaya a ser que todavía ande por ahí. Buenas tardes, señoras. Y bienvenidas a Castrollano.

Letrita se deja caer ahora sobre el asiento. Parece

haber menguado de pronto, y envejecido, como si su cuerpo hubiera sido abandonado por la misma tensión que le había estado sosteniendo el ánimo. Merceditas se acerca a darle un beso, todavía temblorosa. Feda saca su pañuelo del escote y se suena ruidosamente.

—Seguro que era impotente. Y además cornudo.

El comentario de María Luisa las hace reír a carcajadas, aunque Letrita finge al mismo tiempo escandalizarse porque la niña también lo ha oído. Pero la risa les permite dar por terminado el mal rato, a pesar de las miradas reprobadoras que les echan algunos de los viajeros y a las que ellas no prestan la menor atención. Calmadas ya, vacío el vagón y casi los andenes donde las gentes han estado abrazándose y contándose las noticias más urgentes, las mujeres de la familia Vega bajan del tren.

La lluvia, que aún cae testaruda aunque ligera sobre la calle embarrada, las recibe al salir de la estación. Cada una de ellas husmea el olor húmedo y salado del aire, y levanta la cara para recibir el agua como si recibiese una bendición, las gotas diminutas del orvallo que juguetean sobre las pieles. Silencio. A lo lejos suenan las campanas del convento de las agustinas dando las siete. Letrita suspira hondo, buscando apoyo en sus pulmones para evitar que la voz le tiemble. Las hijas la miran, esperan sus palabras:

—Ahora sí que estamos de vuelta, hijas. La vida

empieza otra vez, de otra manera. Y nosotras, a llevarnos bien con ella, como decía papá. A casa, vamos, que si seguimos aquí nos van a salir setas en el pelo.

LA MUERTE DE PUBLIO

La calle de la Estación, siempre fea y descuidada, es ahora un despojo, un barrizal. Las aceras ya no existen. Hay escombros por todas partes, piedras y tejas, ladrillos y trapos y maderos, inmundos restos del tiempo anterior a las bombas, a la huida. Negocios cerrados, letreros colgantes, ventanas donde los cristales rotos han sido reemplazados por cartones, maderos sosteniendo muros que parecen a punto de desplomarse. La muerte extendió alas veloces y sangrientas sobre Castrollano, y la ciudad entera hubo de plegarse al destrozo y el abandono, y yace derrumbada, como un cadáver al que nadie ha recogido ni amortajado, ciudad muerta y putrefacta de la que nadie se apiadó. No hubo tiempo.

En la esquina con la plaza del Carmen, la villa de doña Asunción —la madrina de María Luisa— conserva sólo la pared trasera y algunos restos de las laterales. El papel floreado del salón, que tanto les gustaba cuando eran niñas, está ahora desteñido y sucio, cubierto de moho, y la pintura verde agua de su cuarto se ha reventado en llagas mugrientas. Los yesos de los techos forman amasijos oscuros en los rincones, donde alguien debió de amontonarlos para arrancar las maderas de los suelos. No quedan muebles, ni cortinas, ni puertas, y hasta la bañera y el retrete y los grifos han desaparecido. Pero en la habitación donde estuvo el piano, torcido, lleno de churretones, permanece el retrato de los padres de doña Asunción, él con su traje blanco y su jipijapa de cafetal, mirando con orgullo la belleza algo mulata y ostentosa de su mujer.

Merceditas, que alguna vez jugó en el pequeño jardín cubierto ahora de escombros, rompe a llorar. A pesar de sentir el corazón encogido, todas intentan tranquilizarla, seguro que doña Asunción está bien, se habrá ido a vivir con su hermana, y además tienes que acostumbrarte, Merceditas, hija, una guerra es una guerra, poco a poco todo volverá a ser como antes... La niña logra calmarse, y las mira al fin con los ojos ya secos aunque asustados, y entonces, bajando mucho la voz, como si no se atreviera a decir lo que va a decir, pregunta:

—¿Y si a nuestra casa le ha pasado lo mismo?

Es Letrita la que contesta, ante el silencio angustiado de las hijas:

—No. Yo sé que no.

—¿Y cómo lo sabes, abuela?

—Esas cosas se saben dentro de la cabeza, niña. Lo mismo que tía Feda sabe que su novio está vivo, y yo en cambio supe que tío Miguel se había muerto antes de que llegase el telegrama. Lo sé porque lo sé. Y dentro de diez minutos lo sabremos todas. ¡Vamos! ¡Caminando! ¡Que si nos paramos en todas las esquinas no llegaremos nunca!

Perplejas ante el destrozo, siguen el camino, atravesando la plaza en dirección a las calles del centro. Es entonces cuando se dan cuenta de que algo raro ocurre: no es normal, toda esa gente caminando en sentido contrario al suyo, hacia la estación. En su mayor parte parecen campesinos, pero deben de haberse vestido con la ropa de domingo y andan con aire festivo y, sin embargo, silenciosos. En seguida empiezan a ver grupos de mujeres —algunas con las pecheras cubiertas de medallas y escapularios— que van como transidas, las manos juntas y los ojos bajos, murmurando palabras incomprensibles. María Luisa se detiene a preguntar qué ocurre. Una muchacha, vidriosa la mirada, despeinada la melena de los apretujones, toda temblante la voz aún emocionada, informa del suceso. La Virgen de la Lluvia vuelve a su santuario, ahora que la guerra ha terminado y sus enemigos han sido vencidos. Con su ayuda, acabaremos con todos los rojos, casi grita la beata. Las mujeres de la familia Vega se miran con aprensión. Y callan.

Al fin enfilan la cuesta del Sacramento, y el corazón de Letrita empieza a latir demasiado fuerte, en parte por la tensión de subir aquella pendiente empinada cargando la maleta, pero sobre todo por la excitación. Al doblar la curva a la mitad de la calle, aparece al fin el edificio intacto, superviviente de los bombardeos y las penurias. Entonces tiene que pararse, sofocada y de pronto exhausta. Merceditas, en cambio, echa a correr:

—¡Ahí está! —grita—. ¡Hemos llegado! ¡No se ha caído, abuela! ¡Tenías razón! ¡No se ha caído!

Alegría la detiene con su voz. Todas saben que es la madre quien debe precederlas en este momento, como si celebrasen un rito, y llegar la primera a la puerta, y abrirla. Si es que aún se abre para ellas.

Despintada y sucia, la vieja puerta del portal exhibe doliente los agujeros de las balas que disparaban los rebeldes amotinados justo enfrente, en el cuartel de Campoalto, convertido ahora en una ruina victoriosa sobre la que campea, empapada y arrugada como un trapo, la nueva bandera. Aquéllos habían sido días malos, aunque ninguna sabría ya decir si fueron los peores. Quizá no. Quizá los recuerdan de una forma especial porque fue entonces cuando descubrieron el miedo y cuando su padre dejó de estar vivo, sí, aquel amanecer del 19 de julio del 36 en el que los soldados empezaron a disparar sin que nadie supiese aún claramente por qué ni para qué. Sólo Publio, que había oído rumores más inquietantes de lo normal la tarde anterior, en el café Marítimo, pensó al empezar a sonar los tiros que lo del golpe de estado debía de ir en serio. Pronto se lo confirmaron a través de la radio las primeras noticias, que rápidamente inundaron de gritos y sollozos y rezos y crujir de dientes el edificio, y la ciudad entera, y todo un país de pronto desplomado a los pies de la Bestia, que acabaría por abrirle el vientre y arrancarle las entrañas y devorárselas, infinitamente voraz. Y así apareció el miedo, un caballo sin jinete asolando las vidas, espectral y al cabo silencioso compañero de tantos días y noches del futuro.

Pero Publio aún pudo creer en lo que siempre había creído, el triunfo perenne de la Razón, que él nombraba de esa manera, con mayúsculas, arrastrando la erre inicial. Sobre el sonido de fondo de los disparos, que retumbaban a ráfagas en la calle vacía, mantuvo una optimista reunión con don Manuel, el del primero, con el que siempre había compartido opiniones políticas, mientras Letrita preparaba una tila para su mujer, a quien le castañeteaban los dientes. Feda, aún enfadada porque la noche anterior le habían prohibido salir y no tuvo manera de avisar a Simón de su ausencia, trataba inútilmente de conseguir permiso para acercarse a casa de su novio. Y Alegría intentaba mantener quieta a Merceditas, que parecía tomarse aquello como un juego y subía y bajaba de unos pisos a otros, dando cuenta de que doña Petra se había desmayado o de que el chico del primero quería lanzarse a las calles y apuntarse de voluntario en el ejército, y su madre había tenido que encerrarlo en el baño, donde se dedicaba a aporrear la puerta y dar voces. Ella fue también la primera que informó, muy nerviosa, de que las balas —que se oían cada vez más frecuentes— habían entrado por la ventana en el comedor de doña Josefa, yendo a incrustarse en la alacena, con estruendo de loza rota. Mientras lo estaba explicando, se oyó chillar a Feda en su cuarto: un disparo le había pasado rozando la cabeza, antes de clavarse en la pared, reventándola y lanzando cascotes por toda la habitación. Afuera se oyeron de pronto voces desgarradas, llantos. Publio se atrevió a asomarse a la ventana, y vio el cuerpo del niño retorciéndose todavía sobre la acera, cada vez más lentamente, hasta quedarse quieto, y la sangre formando un reguero brillante que corría calle abajo, asediado ya por las moscas. Tendría once o doce años. Un niño muerto. En ese mismo instante, Publio comprendió que aquél era sólo el primer muerto de los muchísimos que habrían de venir. Y no pudo evitar sentir que una parte de sí mismo estaba muriendo también, que sus ideas, sus luchas, sus esperanzas de crear un mundo mejor para quienes le seguirían en el tiempo habían empezado a desangrarse poco a poco, igual que el pequeño cuerpo, e iban a pudrirse a algún rincón abandonado de la luz, inútiles ya, acalladas, muertas.

Pero todavía le quedó un resto de valor para enfrentarse a su propia visión. No debía pensar en la catástrofe. Quizá aquel levantamiento costase algunas vidas y llevara unos cuantos días aplastarlo, pero estaba seguro de que todo acabaría pronto. Y eso era lo que tenía que transmitir a las mujeres. No quería que se preocuparan innecesariamente. Ni siquiera les dijo lo del niño muerto, tragándose su propia consternación. Habló, tartamudeando, de un hombre herido, cosa poco grave, a lo que parecía.

Luego se detuvo a reflexionar sobre qué debía hacer. Más que nunca, sentía la necesidad de acudir a su despacho en la Diputación, al que no recordaba haber faltado jamás en los últimos diecisiete años. Estaba seguro de que su presencia allí, dado que era el funcionario de mayor edad, sería importante para calmar los ánimos y demostrar a todos —incluido él mismo— que no ocurría nada irremediable. Sin embargo, no podía salir mientras los soldados siguiesen disparando sin ton ni son. Tendría que esperar unas horas, hasta que todo acabase. Entretanto, había que organizar las cosas. Impedir que alguien se acercase a las habitaciones que daban al cuartel. Racionar las provisiones por si tenían que pasar un par de días —estaba seguro de que no serían más de un par de días— encerrados en casa. Echar una mano en lo que hiciese falta a los vecinos. Con el ánimo generoso y eficaz que le caracterizaba, se puso manos a la obra. Despidió a doña Antonia y don Manuel, en cuya sensatez confiaba plenamente. Mandó a las mujeres a la cocina, con la orden estricta de no acercarse a los cuartos de la parte delantera. Y cuando todo estuvo en orden en su casa, decidió iniciar las visitas a los otros pisos. Como había oído que doña Petra no se encontraba bien a causa del susto, subió a verla en primer lugar. Y fue entonces cuando ocurrió el incidente que acabó de destrozar su vida.

Publio nunca había juzgado a la gente por sus ideas, sino por sus comportamientos. A pesar de su apoyo al partido socialista, tenía buenos amigos entre los conservadores. Incluso compartía tertulia con un cura tan anticuado como sarcástico, por el que sentía una especial simpatía que le era correspondida sin disimulo. Y creía no sólo en la bondad del ser humano, sino en que esa bondad era siempre aceptada por los demás, igual que se acepta y se reconoce la dulzura del sol una hermosa mañana de primavera. Irremediablemente. Había logrado mantener intacta esa inocencia a lo largo de los setenta y un años de su vida, como si su propia afabilidad lo hubiera protegido contra la incomprensión y el menosprecio ajenos. Pero aquel día, el primero de la guerra, tuvo que aprender en tan sólo unos minutos que las cosas no eran así. Su mundo infantil y claro se desmoronó de repente, igual que había empezado a desmoronarse sin salvación el mundo que él y la gente como él habían intentado construir en los últimos años. El golpe resultó demasiado duro.

Fue Etelvina, la única hija de doña Petra, quien le abrió la puerta. Ahora era una muchacha de casi veinte años, pero él la había conocido de muy niña, y siempre había sentido por ella un gran cariño. Desde pequeña, había compartido muchas horas de meriendas y juegos con sus propias hijas, y Publio hubiese jurado que el afecto que la chica siempre le había demostrado era tan sincero como inquebrantable. Jamás se le habría ocurrido pensar que en las cosas de los cariños se mezclasen las ideas políticas. Pero aquella mañana, Etelvina ni siquiera le sonrió al verlo, ni le invitó a pasar, como era la costumbre. Lo miró ceñuda, quizá un poco burlona, y se mantuvo medio escondida detrás de la puerta entreabierta. Publio se sorprendió, pero achacó aquel raro comportamiento a la preocupación por lo que estaba sucediendo:

—¿Estás bien? —le preguntó.

Etelvina contestó secamente:

—Sí, muy bien. ¿Qué quiere?

—Nada, no quiero nada, Telvina... He venido para ver si vosotros necesitabais algo. Me han dicho que tu madre se ha puesto mala.

—Mi madre ya está bien. Y no necesitamos nada de ustedes. Salvo que nos dejen en paz. Estamos rezándole un rosario a la Virgen de la Lluvia para pedirle que triunfe el levantamiento. Y que acaben pronto con todos ustedes, que tanto daño le han hecho a España.

Publio palideció. No supo qué contestar. Quiso tomárselo a broma, echarse a reír, hacerle cosquillas como cuando era pequeña, decirle que aquello no era posible después de tanto tiempo de buena vecindad...

Pero ninguna de esas palabras llegó a salir de su boca. Al ver la mirada tan agresiva de Etelvina, se le atragantaron todas antes incluso de que ella le cerrase la puerta en las narices.

Volvió a casa pálido, encogido. Las hijas se asustaron al verlo, y Letrita, después de tratar de averiguar en vano qué había ocurrido, lo convenció para que se acostase. Él se sirvió una copa de coñac y se encerró luego en el dormitorio, pidiendo no ser molestado. Desde allí se oía el ruido insoportable de los tiros. Cada uno de ellos parecía estallarle ahora a él por dentro, reventando todas las cosas hermosas y dignas que habían ido asentándose y madurando en su cabeza a lo largo de su vida. Cerró los ojos, y comprendió que ya no quería volver a abrirlos. No quería volver a mirar el mundo, porque en el mundo no quedaba nada que mereciese la pena ser mirado.

Tuvo la impresión de que un agujero eternamente hondo y eternamente negro se lo tragaba, como la muerte. Y nada hizo por evitarlo.

Cuando Letrita entró en la habitación más de una hora después, se lo encontró convertido en un anciano. Los años, que hasta entonces habían respetado su inteligencia y su ánimo, y también la estatura y el porte, la fortaleza de los huesos y hasta la delicadeza de una piel siempre pálida, se le habían echado de pronto encima. Parecía haber menguado. Una telaraña de arrugas profundas le marcaba el rostro, y los ojos antes tan vivaces se habían vuelto pequeños y débiles, ausentes. Su voz ni siquiera se alzó para saludarla.

Al verlo así, Letrita rompió a llorar y lo abrazó con la misma pena con la que en el pasado tuvo que abrazar a los hijos muertos. Lo había adorado desde que tenía dieciséis años y él, cerca ya de los treinta, la saludaba cada mañana al pasar por delante del mirador de su casa camino de la oficina de su padre en el puerto, con el sombrero claro y el bastón bien empuñado y la mirada suave. Había seguido adorándolo las primeras veces que se hablaron y cuando él le pidió matrimonio. Y después, a lo largo del tiempo, ocupada en cuidar de los hijos vivos y recordar a los muertos, disfrutando de la fortuna y soportando las penurias que llegaron cuando el negocio familiar fracasó, día tras día y año tras año, siempre lo había adorado. Lo conocía como si fuera carne de su carne, y cada una de las ilusiones de él era también suya, igual que suyo era cada uno de sus dolores. Hacía ya mucho que no necesitaban hablar para entenderse. Al verlo así, Letrita rompió a llorar porque supo que se le había partido el alma. Y que era para siempre.

Él ya no tuvo fuerzas para consolarla. Su vida había terminado. A partir de aquel día, y hasta los momentos finales en que recuperó brevemente la lucidez, se limitó a ser un cuerpo sin razón ni voluntad. Ni la huida de Castrollano, ni las noticias de la guerra, ni siquiera la muerte de su propio hijo lograron conmoverle. Ya nada podía agrandar su pena, pues en un solo momento, en un único cadáver y una primera expresión de odio, había alcanzado a ver toda la crueldad que llegaría, y ese dolor abrió en su espíritu una herida imposible de cerrar.

Fue Letrita quien tuvo que hacerse cargo de la situación a partir de aquel momento. Sin verter más llanto que el del primer instante —que secó en seguida, consciente de que su fortaleza era ahora imprescindible para el bienestar de los suyos—, sumó a su propia solidez la solidez desvanecida de Publio, y fue en adelante madre y padre, esposa y marido. Ella organizó aquellos primeros días de sitio en la casa, ocupándose de tranquilizar a las chicas. No permitió quejas ni desidias ni lloriqueos ni malos humores ni temblores ni abandonos. Todo el mundo tuvo tareas que hacer, y todo el mundo, incluidos los vecinos aún amistosos, jugó a las cartas al atardecer, después de tomar un poco de café con pan duro migado o con galletas que ya empezaban a ponerse rancias.

Al quinto día, Miguel y dos amigos suyos aparecieron por la ventana de la cocina de don Manuel. Apenas enterado del golpe, el pobre Miguel, que pasaba unos días en una aldea de la montaña con Margarita y los niños, había regresado a Castrollano para unirse a los milicianos. Preocupado por la situación de su familia, había logrado llegar hasta la casa a través de los tejados, y estaba dispuesto a sacar de allí a todos los vecinos que quisieran ser rescatados. Letrita se tragó la conmoción que supuso para ella saber que su hijo ya estaba armado y dispuesto a partir hacia cualquier lugar donde hicieran falta soldados. No dijo ni una palabra. Preparó el equipaje imprescindible en un par de maletas, guardó en una bolsa las cosas de más valor —incluidas las pocas joyas que aún le quedaban de los buenos tiempos— y todavía fue capaz de dirigir con autoridad la operación de recoger la casa, metiendo los objetos delicados en los armarios, apilando colchones, cubriendo los muebles con sábanas viejas, revisando las trampas para los ratones, cerrando la llave de paso del agua y quitando los plomos, exactamente igual que si se fueran de vacaciones por unas semanas. Nadie se mostró tan sereno como ella durante aquel rescate difícil, en el que hubo que trasladar en una silla a Publio, más torpe y anquilosado a medida que pasaban los días. Incluso mantuvo intacto su sentido del humor al instalarse en casa del tío Joaquín, quien los recibió refunfuñando porque su presencia alteraba el orden estricto de su vida de solterón maniático, aunque no les echase la culpa de su desgracia a ellos sino a la Iglesia, que según decía se había empeñado en amargarle toda la existencia, sin respetar ni siquiera su triste vejez. Y todavía conservó el valor en la despedida de Miguel, que partió en un tren lleno de hombres sonrientes y ruidosos, más parecidos a alegres veraneantes que a soldados, salvo por las armas que llevaban en bandolera y que agitaron al aire a través de las ventanillas cuando el tren arrancó lentamente, desvaneciendo sus siluetas entre los humos. Muchos de ellos no volverían. Letrita lo supo, pero se calló, y hasta le dio un sopapo ligero a Feda al ver que se echaba las manos a los ojos para tapar las lágrimas.

Durante todo aquel tiempo, ella siguió tomando decisiones y repartiendo tareas. Alegría y Merceditas fueron las encargadas de hacer la compra en un mercado todavía bien surtido aunque cada día más caro, del que volvían siempre escandalizadas. Y Feda se ocupó de ir todas las mañanas a Correos, a recoger y enviar las cartas, que empezaban ya a espa-

ciarse demasiado. Por suerte, enseguida llegaron noticias de María Luisa, que seguía en Madrid aunque estaba haciendo planes para trasladarse a Barcelona, con su familia política. Además de su trabajo en la escuela, ahora conducía los fines de semana un tranvía, supliendo igual que otras muchas mujeres a los hombres que ya estaban en el frente. Fernando se había incorporado como oficial al ejército y luchaba en Extremadura. Estaba bien, un poco asustado por la brutalidad que lo rodeaba, pero bien, y mandaba saludos.

La casa del tío Joaquín, un edificio burgués de finales del siglo anterior, se levantaba justo frente al viejo puerto, en la esquina entre la plaza de la Reina y la calle del Fomento, a espaldas del temido barrio de pescadores, con sus miserables edificios medio en ruinas, sus calles embarradas y sus muchas casas de putas. Desde el balcón del comedor, en los días claros, se alcanzaba a ver una enorme extensión de mar, cambiante y dúctil bajo las luces y los vientos. Una preciosa mañana de principios de agosto, Merceditas, ocupada en peinar a su muñeca, vio una mancha oscura que aparecía repentina sobre la lejana línea del horizonte. Algunos pesqueros de bajura habían salido a faenar al amanecer. De pronto, como si se hubieran puesto de acuerdo, sus cascos de colores enfilaron hacia el puerto. A medida que se acercaban a la bocana, la mancha oscura parecía seguirlos, y su perfil empezó a tomar forma. Era un gran barco gris, amenazador y veloz y rígido como un monstruo marino. Los curiosos que todos los días remoloneaban por el puerto formaron corrillos, y en cuanto los primeros pesqueros fondearon y los hombres bajaron a tierra, se les acercaron, tal vez inquiriendo noticias. Hubo gestos de asombro, manos lanzadas al aire, quizá gritos, y en seguida todos, marineros y paseantes, echaron a correr a través de los muelles, seguidos de cerca por los pescadores de los otros barcos, que iban llegando a puerto y eran abandonados a la carrera por las tripulaciones, olvidando a bordo la pesca del día.

Merceditas tuvo miedo, y voló a la cocina donde la abuela preparaba unas lentejas con tocino pero sin chorizo, porque el chorizo estaba ya demasiado caro en aquellos días y Alegría no había querido comprarlo. Letrita se asomó al balcón, y, al ver el monstruo, volvió a entrar rápidamente en la casa, dando instrucciones de abandonarla. Salieron a toda prisa, sin tiempo para coger las cosas de valor, y ya en la calle se vieron mezclados con una multitud que corría hacia el interior de la ciudad. Algunos tiraban cosas desde las ventanas a los familiares que aguardaban abajo, chillándose los unos a los otros. Los más viejos eran llevados casi en volandas o bien, abandonados a su suerte, lloriqueaban asustados, intentando seguir el ritmo despiadado de los jóvenes. Desde el barrio de pescadores, una riada de niños harapientos y de mujeres en delantal se afanaba tras los hombres, que de vez en cuando miraban atrás sin detenerse, llamando a voces a sus hijos o a sus compañeras.

Letrita ordenó a Feda y a Alegría que se adelantasen con la niña y corrieran hacia donde fuese, con tal de que fuese lejos del puerto. Pero Alegría se negó a dejarla sola con su padre y el tío Joaquín y se obligó a caminar al paso renqueante de los dos viejos, viendo con angustia cómo se alejaban Feda y Merceditas, de la que se separaba por primera vez desde que todo aquello había comenzado. Mientras sostenía al tío —que refunfuñaba y le daba codazos, incapaz de tragarse su mal genio ni siquiera en un momento como aquél—, rezaba en silencio, pidiéndole a Dios, si es que en verdad existía, que no se le llevara también a la única hija que le quedaba. Ya no sería capaz de soportarlo.

Los cañonazos se empezaron a oír cuando llegaron al comienzo de la calle del Arco. Letrita, aliviada al comprobar que las bombas caían a espaldas suyas, lo suficientemente lejos como para no alcanzarles, decidió refugiarse en casa de Carmina Dueñas, su vieja amiga, que no les negaría cobijo. Pero Alegría no quiso subir, y se empeñó en ir a buscar a la niña y a Feda, a las que encontró al fin abrazadas en un banco del parque de Begoña, muertas de miedo y rodeadas por varias mujeres muy amables que trataban de calmarlas. Volvieron todas juntas al piso de Carmina y allí se quedaron con los demás amontonados, mientras el crucero *Pisuerga* seguía atacando Castrollano sin misericordia, derribando edificios, reventando árboles y destrozando vidas. Fue la primera prueba de las muchas que vendrían después de que lo de la guerra no era un juego, ni una simple noticia en los periódicos, ni una acalorada discusión de café. Lo de la guerra iba en serio, y era la muerte y el miedo y la tristeza y la rabia y la desolación.

Cuando el *Pisuerga* abandonó el puerto al cabo de nueve días, en busca de otra ciudad desprevenida sobre la que lanzar su fuego monstruoso, dejó tras de sí un montón de dolor y de ruinas. La misma casa del tío Joaquín, reventada en millones de trozos, se llevó por delante al caer a dos vecinos poco prudentes. Entre sus restos, Merceditas, Alegría y Feda buscaron inútilmente algunos de sus objetos. Lo único que encontraron, un poco arañado por la rotura de los cristales del marco pero prácticamente intacto, fue el retrato de boda de los padres, ella de terciopelo oscuro, con una camelia prendida en el pecho, y él con cuello duro y pajarita, los dos muertos de risa y de ganas de comerse a besos a pesar de la consabida seriedad del momento. Cuando se lo dieron a Letrita, se echó a llorar. Fue un llanto tan repentino, intenso y breve como una tormenta tropical. Y se secó enseguida.

Apenas se calmó, fue a enseñarle la fotografía a Publio:

—Mira, las niñas la han encontrado entre los escombros de la casa del tío. Gracias a Dios. Todo lo demás me da igual, pero perder esto sí que nos hubiera costado un disgusto, habría sido un poco como perder nuestra memoria, ¿no crees? —le dijo, y luego se puso a mirar el retrato y le dio por recordar aquellos tiempos, la felicidad de estar al fin juntos todo el tiempo posible, las muchas noches de amor alborotado y las infinitas horas de ternura. Letrita no tenía ninguna tendencia a idealizar el pasado. Vivir al lado de Publio y de los hijos que no se le habían muerto le parecía un privilegio del que iba gozando día a día, sin volver la vista atrás. Y si lo hacía, nunca era para añorar sino, por el contrario, para detenerse con satisfacción en la idea de que su vida había sido y era mucho más dichosa de lo que ella jamás habría supuesto. Pero aquella vez, quizá porque mientras recordaba miraba el fondo de los ojos de Publio —donde siempre había encontrado tanto amor— y sólo veía vacío, aquella vez, acaso también por el miedo y la pena silenciosa y la percepción inevitable de la derrota que habría de llegar, sintió una punzada en el corazón. Y le pareció entender, aunque no quiso detenerse en tal idea, que al fin había llegado el tiempo definitivo de la nostalgia.

MARÍA LUISA Y FERNANDO

—

La puerta del portal responde sin una queja al giro de la llave que Letrita ha sacado de la cadena colgada siempre a su cuello. Adentro, todo sigue igual de oscuro y húmedo, como el vientre viscoso de un pez. María Luisa camina con seguridad hasta el fondo del vestíbulo, aprieta el interruptor. La bombilla se enciende con su luz amarillenta y triste, que apenas alumbra las baldosas pálidas del suelo y el friso pintado de un viejo negro polvoriento. Las escaleras de madera, descolorida a fuerza de frotarla con lejía, rechinan del mismo modo que rechinaban dos años atrás.

La comitiva de mujeres sube despacio. Delante de sus hijas, Letrita se sujeta con firmeza al pasamanos. El sudor hace resbalar su palma sobre la moldura sobada. Tras la puerta del primero izquierda, donde vivían don Manuel y doña Antonia, se oyen voces inesperadas de niños. Por un instante, la mirada de la madre se cruza inquieta con la de María Luisa, que le sonríe animándola. A través del ventanuco que da a la calle entra el rugido creciente de un camión que se dirige a la carretera cercana.

A medida que asciende el tramo de escaleras hacia el segundo piso, las piernas de Letrita parecen volverse de hierro. Apenas respira, aunque siente que se está ahogando. Al llegar al descansillo, se detiene frente a su puerta, y entonces un malestar, como un repentino hormigueo, le recorre el cuerpo de los pies a la cabeza, una ola de pánico y pena que desbarata el latido de su corazón: sobre la madera oscura, encima justo de la mirilla, allí donde antes figuraban las iniciales en latón de Publio Vega, resplandece ahora, limpia y requetelimpia, una placa dorada con el Sagrado Corazón de Jesús en relieve y, debajo, un nombre desconocido, Edelmiro Jiménez.

Letrita tiene que sentarse en la escalera. Intenta recuperar el aliento perdido mientras sus hijas se acercan preocupadas a atenderla. Ella las aleja con sus gestos. Necesita aire. Necesita dejar de oír los golpetazos del corazón. Necesita poder pensar. La casa se ha perdido. Acaba de comprenderlo. Ha vivido durante los últimos tres años recordando cada rincón de esa casa. Todas las mañanas, mientras hacía las faenas en el caserón de Noguera, se imaginaba a sí misma limpiando y ordenando el piso de Castrollano. Recorría mentalmente las habitaciones, abría ventanas, sacudía alfombras, quitaba el polvo a los muebles y a cada uno de los pequeños objetos de adorno, aireaba los cajones de la ropa blanca, recolocaba en las alacenas los platos y las cacerolas y los cubiertos, atizaba el fuego de la cocina y hasta olfateaba los ricos olores de sus propios pucheros. Por alguna oscura razón, durante todo el tiempo de ausencia ha estado convencida de que mientras ella no abandone la casa, la casa no la abandonará a ella. Ésa ha sido su conexión con el pasado, con todo lo que ella y los suyos han venido siendo desde siempre. Necesitaba la persistencia de su memoria, el mantenimiento de esa imaginaria cotidianeidad para creer que la vida, tal y como ella la entiende, seguía siendo igual, que el tiempo que estaba viviendo no era más que un desliz de su historia personal, un resbalón fuera del camino, y que en algún momento volvería a él y recuperaría el curso. Mantuvo intacta esa ilusión incluso después de la muerte de Miguel y hasta de la de su marido, y aún mucho más cuando supo que Fernando estaba en la cárcel y que les tocaba seguir adelante solas. La casa, le parecía, era el lugar de donde extraer energía y valor para enfrentarse al temible misterio del porvenir.

Ni por un segundo, en todo aquel tiempo, se le ha pasado por la cabeza la idea de que doña Petra haya podido arrebatársela y dársela en alquiler a otras personas. Así que ahora de pronto, al comprenderlo, se siente vacía y asustada, como si todos los proyectos hubieran quedado suspendidos en el aire, donde se desvanecerán en unos instantes. Está a punto de romper a llorar, de echar a correr escaleras abajo y ponerse a gritar en plena calle que sus hijas y ella son las de siempre, y que sólo quieren seguir viviendo como siempre han vivido... Pero piensa en Publio, en el Publio firme y tranquilo de antes de la enfermedad: él no se habría dado por vencido en una situación como aquélla. Habría insistido hasta el final. Y ella debe una vez más seguir ese impulso prestado. Se recoloca el cuello del abrigo que, al sentarse, se le ha quedado apretado contra la garganta. Algo más calmada, le entrega a María Luisa la llave que desde hace un rato lleva encerrada dentro de su puño, como si fuera un talismán:

—Inténtalo tú, hija —alcanza a decir. Y María Luisa, aun sabiendo lo que va a suceder, obedece.

La llave ni siquiera entra en la cerradura.

Feda se refugia en un rincón y gimotea suavemente. Merceditas aprieta muy fuerte la mano de su madre, hasta hacerle daño. Letrita se pone ahora en pie, respira hondo, se limpia con su pañuelo el sudor que le brilla en la frente, y se dirige a la puerta. El golpe de la aldaba suena rotundo y largo. No se oyen pasos, pero al cabo de un rato la tapa de la mirilla se mueve y un trozo de rostro —ojo pequeño de ceja espesa— asoma detrás de la celosía. La voz es fuerte:

—¿Qué quieren ustedes?

—Soy la viuda de Publio Vega.

—¿Y...?

—¿Es usted la señora de Jiménez?

—No, no hay nadie. Han ido todos a lo de la Virgen. Yo soy la que limpia.

—¿Sabe si tardarán mucho en volver?

—No creo. A las ocho se reza el rosario.

—Gracias.

Letrita se vuelve hacia sus hijas. No hace falta que diga nada: todas saben que deben esperar. Empujan las maletas contra la pared y aguardan en pie, silenciosas, un minuto y otro y otro, una dura eternidad de muchos y largos y duros minutos. Al fin, el ruido de voces y pasos en la escalera las alerta. Letrita se endereza, se peina un poco con los dedos, sujeta bien una horquilla que se le había aflojado. Alegría y María Luisa se colocan a su lado, mientras Feda permanece en el rincón, intentando arreglar el vestido arrugado de Merceditas y abrocharle los botones de la chaqueta. Las voces, casi susurrantes, se acercan, y luego callan al alcanzar el último tramo de la escalera y descubrir al grupo de mujeres, silencioso y quieto, en el descansillo.

Una vieja vestida de negro, con un montón de escapularios al pecho y el largo rosario de nácar colgado del brazo —tan blanco y suave sobre su abrigo de paño rasposo—, se adelanta al resto y se planta, tiesa como un palo, provocadora, frente a Letrita.

—Buenas tardes, doña Petra —dice ésta, sin molestarse en tender una mano que está segura será rechazada.

—¿Qué hacéis aquí?

—Hemos vuelto a casa.

—Ésta ya no es vuestra casa. Aquí no queremos rojos. ¡Faltaría más! —y la vieja se santigua y se besuquea con deleite el dedo pulgar, llenándolo de babas.

Letrita respira hondo para contener la indignación:

—Entonces, déjenos sacar nuestras cosas.

—¿Vuestras cosas...? No tengo ni idea de dónde están. Se las habrán llevado los ladrones.

María Luisa se adelanta ahora a su madre, apretándole con fuerza el brazo para evitar que siga hablando:

—Cuando nos fuimos hace tres años, lo dejamos todo ahí dentro. ¡Todo! El piso es suyo, desde luego, y puede usted hacer con él lo que le plazca, pero el resto es nuestro. Sólo queremos que nos devuelva lo que es nuestro. —Su voz se hace ahora más grave, algo amenazadora—. Y que no vuelva a tratar a mi madre de tú.

La mirada de doña Petra se dirige hacia ella, pero los ojos agotados parecen resbalar sobre su cuerpo sin verlo. Antes de hablar, se gira de nuevo hacia Letrita, como si le resultase más fácil contestarle a la madre. Quizá María Luisa la ha asustado. Sin embargo, no se arredra, y su tono vuelve a ser tan seco como desdeñoso:

—Yo no tengo nada. Ni sé quién lo tiene. Y ahora, fuera de aquí, rápido, o llamo a la Guardia Civil.

Las mujeres se dan por vencidas. Sin necesidad de decirse nada, recogen sus maletas. Pero María Luisa aún se detiene un instante frente a doña Petra. No levanta la voz, sólo le suelta con toda la frialdad de la que es capaz lo que las demás están pensando:

—Ladrona. Prepárese bien antes de morir, porque le aseguro que en el otro mundo la van a juzgar por esto.

La vieja palidece y quiere responder, pero le tiemblan los labios y al fin calla. El grupo de la escalera se abre para dejar paso a las mujeres de la familia Vega, apretándose contra las paredes como si temieran su roce. Ellas no bajan los ojos. Por un instante, los de María Luisa se cruzan con los de una mujer aún joven. Son grandes y claros, enmarcados por la mantilla oscura que le cae hasta las cejas. Su boca permanece inalterable, pero esos ojos sonríen.

Unos meses después, un muchachito sucio llamará un día a la puerta del piso de la calle del Agua y dirá que le han mandado preguntar si vive allí una tal señora o señorita Vega, una mujer rubia y guapa, y que trae para ella un paquete de parte de la señora de Jiménez, de la cuesta del Sacramento. María Luisa leerá con asombro la carta que acompaña el envío:

Estimada señora:

Usted no me conoce, ni yo a usted. Ni siquiera sé a ciencia cierta su nombre, igual que usted quizá no llegue a saber nunca el mío. Pero todo eso no importa: su persona me es tan querida como si fuéramos íntimas y viejas amigas.

Desde la tarde en que la vi por primera y única vez —en el descansillo de la casa del Sacramento donde su familia vivía antes y donde ahora vive la mía—, no he podido olvidar su energía y su fortaleza, que resplandecen a su alrededor como esas coronas que llevan los santos, iluminando el aire.

Mi silencio de entonces debió de parecerle imperdonable, y a decir verdad lo fue. Pero me atrevo a pensar que quizá después de hoy, gracias al paquete que hago llegar a sus manos, pueda usted ser indulgente con esta mujer acobardada.

Cuando nosotros alquilamos este piso que fue suyo, dentro no había nada. Nada, salvo un pequeño tesoro: una pila de papeles junto a la cocina, que alguien olvidó sin duda quemar. Eran cartas. Cartas de amor de un hombre a una mujer. Las guardé porque me parecieron hermosas, tan hermosas que habría dado media vida porque alguien me quisiera de ese modo. Me pareció que destruirlas sería como dar muerte a ese amor que quizá ya sólo viviera entre aquellas palabras.

Desde nuestro encuentro en la escalera, cuando admiré tanto su valor y su dignidad al enfrentarse a doña Petra, me ha dado por pensar que puede que esa mujer de las cartas —María Luisa Vega— sea usted, y que él, Fernando, aún debe de quererla. Me gustaría que las cosas fueran así. Sería una prueba de que a veces la vida no es sórdida y gris.

En cualquier caso, las cartas no me pertenecen a mí, por muy mías que las sienta, sino a alguien de su familia. No podría seguir conservándolas sabiendo todo lo que ustedes han perdido. Se las devuelvo pues, y confío en que ellas puedan compensar de alguna manera la desaparición de lo demás.

María Luisa abrirá el paquete. Allí aparecerán, en efecto, las cartas que Fernando le había ido escribiendo antes de su boda, desde la primera, *Admirada amiga, quisiera que no la ofendiera que la llame así, amiga, pues como tal creo que me trató en los escasos días que tuve la dicha de estar a su lado, y admirada, porque su bondad y su inteligencia me han hecho comprender que es usted uno de los seres humanos más asombrosos que he conocido en mi vida...*, hasta la última, aquélla escrita sólo unos días antes de casarse, *Adiós, mi amor, unas horas más y estaré contigo y me abrazarás, y al sentir tu calor y tu fuerza me daré cuenta de nuevo de que tu cuerpo es el único lugar del mundo en el que quiero permanecer por siempre.*

Las cartas reposarán ante ella sobre la mesa, con todas sus palabras llenas de ternura, y al verlas así, aún tan vivas y verdaderas, María Luisa recordará el tiempo prodigioso de su noviazgo, y más atrás aún, el comienzo de todo, la primera vez que oyó tocar a Fernando, en el verano del año 32. Apenas empezó a sonar aquella *Sonata Arpeggione* de Schubert que ella no conocía, con su lento arranque al piano y el violonchelo siguiéndolo amistosamente después, pensó que era la música más llena de esperanza que jamás había oído. El violonchelo parecía viento entre los árboles. Sonaba tan profundo y sosegado que no pudo evitar fijarse en el intérprete. Era joven, y lo encontró feo. Y, sin embargo, era sin duda de su alma de donde salía aquella música extraordinaria que daba la impresión de pertenecerle por completo. Se pasó el resto del concierto pendiente sólo de él, de los movimientos firmes de sus dedos y la infantil torpeza que expresaba su cara.

Ya en la calle, se despidió con una excusa cualquiera de su grupo de amigos y volvió a entrar en el teatro. Buscó el camerino de Fernando Alcalá y llamó a la puerta, dispuesta a darle las gracias por los minutos de felicidad que le había concedido. Pero cuando él abrió y se quedó mirándola tan serio, quizá algo molesto por tener que aguantar las repetidas palabras de una admiradora desconocida, a María Luisa se le hizo un nudo en el estómago y le dieron ganas de vomitar. Él la notó indispuesta y la hizo pasar, la obligó a sentarse, le ofreció un vaso de agua y luego, cuando ella rompió a reír burlándose de su propia emoción inesperada, se la quedó mirando atónito, como si nunca hubiera visto reírse a nadie de aquella manera.

Esa misma noche pasearon juntos por la playa, casi en silencio. Luego, Fernando fue retrasando un día y otro su vuelta a Madrid. María Luisa acudía a sus citas con él llena de emoción, aunque también preocupada. Ya había cumplido los veintidós años, pero, a pesar de los comentarios a menudo insidiosos de alguna gente, entre sus planes no estaba el de enamorarse. Hacía sólo unos meses que había terminado los estudios de magisterio y estaba dando clase en la escuela del barrio de pescadores, llena de niños zarrapastrosos y sucios, que olían a pescado y a brea y de los que ella se ocupaba con pasión. Había querido ser maestra desde pequeña. Soñaba con enseñar a los críos, con hacerlos mejores personas y ayudarlos a rebelarse contra la condena de la miseria heredada. Cada pequeño progreso de sus alumnos le parecía un éxito que celebraba con entusiasmo. Su vida tal y como era, con la escuela y los amigos y la familia y los libros, estaba lo suficientemente llena. No quería entregar ninguna parte de todo aquello a un amor, por el que sin duda tendría que renunciar a muchas cosas, tal vez incluso a su trabajo. Por eso, cuando conoció a Fernando y se dio cuenta de que le gustaba todo de él, la timidez, la piel oscura, la manera de pensar, el cuerpo desgarbado, la forma en que sentía la música y hasta la mirada miope de sus ojos pequeños, se enfadó consigo misma. Sin embargo, no pudo evitar seguir viéndolo y sentirse a la vez tan feliz y tan triste que ni ella era capaz de comprenderse.

Cuando al fin a Fernando no le quedó otro remedio que irse, lo hizo sabiendo que se había enamorado de una mujer asombrosa. Para entonces, María Luisa ya se había rendido a lo irremediable de sus propios sentimientos, y el largo beso que le dio en la estación, apretándole fuerte la nuca con su mano, fue su manera de decírselo y de animarle a superar su timidez. Luego hubo un noviazgo de cartas intensas y encuentros frecuentes, y el amor fue creciendo, volviéndose poderoso y sólido y visible.

Después de la boda, María Luisa se fue a vivir a Madrid. No tuvo que renunciar a nada. Simplemente, cambió su escuelita del barrio de pescadores por otra en Lavapiés, llena de niños tan sucios como los de Castrollano e igualmente ruidosos, con los que disfrutaba lo mismo que antes. En su tiempo libre, acompañaba a Fernando en su viejo coche a visitar los poblados de los alrededores de la ciudad, lugares pobres y feos a los que él se empeñaba en llevar su música, porque lo más hermoso de cuanto ha hecho el ser humano, decía, no podía ser sólo para unos pocos elegidos. Eran felices. Estaban convencidos de que se podía cambiar el mundo, y aquélla era su forma de intentarlo. A veces les dejaban instalarse en una taberna o en una iglesia, pero normalmente se quedaban en la calle, en medio del polvo o el barro, y lograban reunir un pequeño grupo de gente a su alrededor, críos y mujeres y viejos a los que María Luisa trataba de explicar, con toda la sencillez que podía, el valor de las melodías que luego Fernando hacía sonar en su violonchelo, con el mismo cuidado y la misma pasión que ponía en sus conciertos en los mejores teatros. Normalmente, aquellas personas escuchaban ajenas y extrañadas, como si la música y ellas perteneciesen a mundos distintos. A algunos niños les daba la risa, y las mujeres hacían comentarios de desdén, no siempre en voz baja, y a veces, cuando Fernando había terminado, rompían ellas a cantar y a tocar palmas, aunque no se sabía si lo hacían por devolver el esfuerzo o más bien para demostrar la superioridad de lo suyo. Pero hubo alguna ocasión en la que alguien —una vieja, un niño, una muchacha redonda y morena— pareció encontrar algo distinto en su música. Quizá la belleza. Un día, un hombre mayor, desdentado y mugriento, se puso a llorar mientras Fernando tocaba la *Sarabanda* de la Suite número 3 de Bach. Le caían unas lágrimas pesadas y lentas, y los vecinos empezaron a señalarlo con el dedo y a reírse. Pero él siguió a lo suyo, concentrado en la música y en su llanto, absurdamente feliz, como si hubiera estado conteniéndose toda la vida y sólo entonces se hubiera permitido explotar. Cuando el concierto terminó y todo el mundo fue alejándose del músico y su mujer, él se quedó allí, mirando fijamente el violonchelo y sorbiéndose los mocos. Antes de que se subieran al coche, sin moverse ni dirigirles la mirada pero en voz lo bastante alta como para que le oyeran, dijo: Parecía la música de Dios. Esa noche, María Luisa y Fernando descorcharon una botella de un buen tinto y brindaron por el divino Bach.

Tu cuerpo es el único lugar del mundo en el que quiero permanecer por siempre... Al leer de nuevo esas palabras, María Luisa recordará a Fernando amándola, con tanta ternura, con tanto deseo, y lo imaginará ahora en la cárcel, solo, apesadumbrado, quizá enfermo. Las cartas que recibe, muy de vez en cuando, son breves y frías. Siempre afirma que está bien, que no necesita nada. Pero a ella sus silencios y su falta de calidez le parecen alarmantes. Fernando nunca ha tenido muy buena salud. Se resfría a menudo, las anginas le hacen subir la fiebre como si fuera un niño y de vez en cuando sufre unos terribles dolores de cabeza que le provocan náuseas y le dificultan incluso la visión, y de los que sólo se recupera quedándose un par de días acostado y a oscuras. Lo más probable es que, en las duras condiciones de la cárcel, todos esos males se hayan agravado. Pero lo que más le preocupa a María Luisa es su estado de ánimo. Aceptar la derrota de las ideas y los sueños, aceptar la ausencia de la música, la lejanía de los seres queridos, el encierro, el hambre, el miedo a la muerte... ¿Quién podría resistir todo eso sin temblar?

En unos minutos, María Luisa habrá tomado una decisión: viajará a Badajoz, intentará verlo como sea. Con el dinero que ha ganado las últimas semanas, podrá pagarse el billete y la pensión. Sabe, sin embargo, que no va a ser fácil que la autoricen a hablar con él. Desde la cárcel, adonde escribió pidiendo permiso meses atrás, le han hecho saber que las visitas a los reclusos están prohibidas hasta que sean juzgados y sentenciados, y Fernando todavía está a la espera de juicio. A pesar de todo, se arriesgará. Ya encontrará alguna manera de convencer al director de la prisión, está segura de ello. Por si acaso, en su pequeña maleta meterá un traje remendado y negro, de luto.

Así caminará por las calles polvorientas y deshechas de Badajoz aquel frío amanecer de otoño, de luto a pesar del ardor impaciente que siente, bajo un sol blanquecino que resbala indiferente sobre las cosas, desdeñándolas. A la puerta de la cárcel se arreglará el pelo con los dedos, se colocará bien la falda algo arrugada del paseo, se enderezará las hombreras torcidas. Desde una ventana, un hombre tenebroso estará contemplándola sin que ella se dé cuenta, observando con deseo aquel cuerpo menudo y enérgico, sobre el que destacan las ondas rubias y la piel tan blanca.

Cuando María Luisa entre en su despacho, ya habrá decidido su jugada. Y ella la entenderá al momento, en cuanto los ojos rojizos la devoren, y la lengua gire llenando de babas los labios. Los dos harán su papel a la perfección. Ella se mostrará apenada y sumisa, como una débil mujer acostumbrada al dominio macho. Él aparentará un rigor dispuesto a convertirse en generosidad, y fingirá apiadarse ante la noticia del fallecimiento de la madre de uno de sus reclusos, muerta, en realidad, muchos años atrás.

—Yo también soy hijo y yerno —dirá, atusándose el bigotillo y chupándose de paso la punta del dedo índice—, y créame que la acompaño en el sentimiento. Pero, aun así, no puedo hacer nada. Las visitas a un preso no sentenciado no están permitidas. Puede usted comunicárselo por carta, que le será entregada con toda celeridad.

—Ya, ya lo sé, señor director. Pero le ruego que me escuche. Mi marido es un hombre muy especial. Es músico, artista, y ya sabe usted que los artistas sienten más que las personas normales. Además, estaba muy unido a su madre, que era viuda desde muy joven, con ese único hijo, ya me comprende...

Es tan impresionable y la noticia le va a causar tanto dolor, que yo estaría dispuesta a lo que fuera por dársela en persona.

Habrá remarcado muy claramente aquellas palabras —estaría dispuesta a lo que fuera—, que animarán la imaginación del hombre tenebroso, haciéndole resbalar un hilo de baba patético por la barbilla. La partida está ganada, pensará, y ya no se molestará más en disimular su baza.

—Está bien, está bien... Haré una excepción con usted, por tratarse de un caso tan especial y por haber venido desde tan lejos. Podrá verlo diez minutos. Sólo diez minutos. Y después, vuelva aquí, que habrá que hacer cuentas del favor.

María Luisa no percibirá el olor a desinfectante, ni el frío y la oscuridad, ni sentirá la silenciosa sombra de la muerte que día y noche ronda las galerías. Caminará hacia la sala de visitas como en un sueño, olvidada del tiempo.

Durante unos instantes, cuando Fernando cruce la puerta frente a ella, no lo reconocerá. Durante unos instantes, será sólo un ser extenuado, andrajoso y sucio, con la cara cruzada de arrugas terribles como heridas abiertas, la mueca de quien agoniza con insoportable dolor en los labios, y aquellos ojos, aquellos ojos que aún no son los de un muerto pero que aspiran a la muerte, que gritan y lloran y suplican y se consumen, devorados por la angustia.

María Luisa se quedará muda, muda y rota, pero pronto recuperará su fortaleza y, a través de las rejas que la separan de su marido, le pasará los dedos por los párpados y sobre los labios, que tiemblan, y le acariciará los hondos surcos de la mejilla, hasta que el guardia que los vigila se acerque y, de un manotazo, aleje su mano del rostro querido.

—¡Sin tocarse! —gritará—. ¡Y nada de hablar en voz baja! ¡Que yo lo oiga todo!

—Tu madre ha muerto —dirá ella, segura de que el vigilante le repetirá la escena al director y de que la mentira que se ha inventado puede perjudicar a su marido—. Por eso he venido. El director ha sido muy generoso y me ha dejado verte. Los demás están todos bien y te mandan abrazos.

Fernando musitará, gracias. Después, ni él ni ella volverán a abrir la boca. Se mirarán durante aquellos minutos como únicamente pueden mirarse dos seres que se aman en medio de la devastación, sintiendo que sólo comparten ya el sufrimiento. Pero al despedirse, María Luisa, en lucha contra su propia derrota, le susurrará:

—Confía en mí. Te quiero como siempre.

Entrará de nuevo en el despacho del director con la cabeza muy alta, a pesar del nudo que lleva en el corazón. Él volverá a contemplarla de arriba abajo, seguirá pasándose la lengua por los labios amarillentos, le hará un gesto con la mano para que

66

se acerque y luego le sobará los pechos y le olisqueará la nuca, el cuello, las axilas, el vientre.

—Ponte de rodillas —le dirá de pronto, mientras se abre la bragueta del pantalón.

Y ella responderá con su voz más firme:

—Antes quiero otra cosa.

—¿Otra cosa...? ¡Eres una desvergonzada! ¡No hay nada más!

—Bien. Entonces, yo tampoco haré nada. Tendrá que arreglárselas usted solo.

El hombre tenebroso la mirará a los ojos, y comprenderá que está hablando en serio. Esa mujer tiene valor. Y sabiduría. Está seguro de ello. Su sexo se hinchará aún más ante esa idea, la sangre le silbará en los oídos.

—Dime.

—Quiero que mi marido sea trasladado a Castrollano.

El hombre fingirá meditar brevemente.

—De acuerdo. Pero a condición de que me lo hagas bien.

—Firme el papel ahora. Con copia para mí.

Con su sexo ridículo asomándole entre las piernas, el hombre tenebroso buscará una orden de traslado en su mesa y la rellenará a toda prisa. Sólo después de haber guardado la copia en su bolso, María Luisa se arrodillará.

Nadie la verá vomitar. Atravesará la ciudad apretándose el estómago con las dos manos, pero tiesa y altiva como una virgen orgullosa. Se aguantará las náuseas hasta que pueda encerrarse en el retrete de la fonda, y deshacerse allí de todo el asco.

Un mes después, mientras cumpla su condena de dos años, hasta que salga a la calle para convertirse en camarero del bar El Abedul —un hombre silencioso al que nadie oirá nunca hablar más de lo imprescindible—, Fernando Alcalá será el preso número 1213 de la cárcel de Castrollano.

María Luisa jamás contará lo que hizo aquella mañana de otoño en Badajoz. Y jamás se arrepentirá de haberlo hecho.

ALEGRÍA

—

El descenso es tan silencioso y lento como la subida.
Todas saben que aún están siendo observadas por
doña Petra y sus acompañantes, y se esfuerzan por
disimular la pena, la rabia, el asco. Sólo Merceditas,
antes de llegar al portal, se vuelve en seco y grita:

—¡Bruja! ¡Más que bruja! ¡Tienes bigote y barba!
—El bofetón de Alegría es suave y la niña apenas se
entera, aunque se defiende, aún furiosa—. ¡Es verdad, mamá!

—Ya lo sé que es verdad, mi luna, pero esas cosas
no deben decírsele a nadie.

—¿Ni siquiera a una bruja como ella?

Alegría calla. Está pensando que quizá Mercedes
tenga razón. Quizá sea bueno hablar más, protestar
más, decir más a menudo lo que se piensa... Ella se
ha pasado la vida callando, y la vida no le ha sido demasiado generosa. Calló cada vez que su marido la
forzó en la cama, a pesar de su peste a alcohol y del

daño que le hacía. Calló cuando le dio el primer bofetón, y el segundo y todos los demás. Calló después de la gran paliza, en el quinto mes de embarazo de las gemelas, y también cuando las niñas murieron y el médico dijo que había sido del tifus, pero ella supo que la culpa la habían tenido aquellos golpes, de los que sus cuerpecitos, débiles y torpes desde que nacieron, nunca llegaron a recuperarse. Y calló el último día, cuando él le puso la pistola en la sien y la obligó a fregar el aguardiente derramado en el suelo de la cocina, en la casa donde vivían en Zaragoza, un suelo que recuerda a menudo, las baldosas rojizas sobre las que el aguardiente parece extenderse como una inabarcable mancha de fuego que ella trata de contener una y otra vez con la bayeta, por más que sabe que es incontenible y que la pistola que tiembla en el aire a su espalda acabará disparándose sobre su cabeza, así durante un tiempo que es eterno, esperando la muerte, hasta que se derrumba exhausta sobre el cubo y Alfonso se echa a llorar como un niño... También ese día calló, aunque tuvo al menos valor para escaparse en plena noche, mientras él dormía la borrachera. Se fue a toda prisa, muerta de miedo, sin maleta y sin nada, y se refugió en un convento de monjas donde la recogió al cabo de unos días el padre para llevársela con él de vuelta a Castrollano. Por fortuna, la niña no fue testigo de aquella última escena infernal, pues hacía ya un par de años que, tragándose el dolor de la separación, ella misma la había enviado a vivir con sus abuelos, con la excusa de sus constantes traslados, para evitarle así tanto las iras de Alfonso como el espectáculo de su propia degradación.

Sí, no hubiese debido callar tanto. Habría tenido que hablar ya desde el principio, reconocer su equivocación y arrepentirse, decir en voz bien alta que no quería estar más con aquel hombre con el que se había casado y del que no sabía nada. Nada, salvo que era muy guapo. El hombre más guapo que jamás había visto. Fue esa belleza lo que la había confundido, haciéndole creer que le irradiaba de dentro, de una bondad interior que, sin embargo, no existía. Pero cuando lo descubrió ya era tarde.

Se habían conocido en el verano del 28, durante las vacaciones. Ella había ido a la playa con sus amigos, y de pronto apareció él, y después de saludar a unos y a otros se sentó a su lado y empezó a hablarle con tanta amabilidad y educación que Alegría enseguida se sintió como si lo conociera de mucho tiempo atrás. La invitó a salir esa misma tarde, y ella aceptó nerviosa y contenta. Durante dos semanas se encontraron a diario. Por las mañanas se veían en la playa y después de comer paseaban, merendaban e iban luego a bailar a las verbenas. Alegría, que acababa de cumplir los dieciocho años y nunca había salido a solas con un hombre —y, mucho menos, con uno tan mayor, casi un treintañero— se enamoró loca y rápidamente de él. Cuando la miraba con sus ojos verdes, más pardos cerca de las pupilas, tristes y orgullosos como un árbol perdido en medio de la soledad del campo, se le apretaba el estómago. Cuando le cogía la mano y se la besaba suavemente, le daban escalofríos. Y la primera vez que susurró su nombre —muy despacio, deteniéndose a disfrutar de cada uno de los sonidos—, le entraron ganas de llorar. Tuvo la impresión de que nadie la había llamado antes y que era sólo en ese momento, al nombrarla él, cuando se había hecho realidad sobre el mundo, igual que todas las cosas del universo aparecieron al ser citadas por Dios. Ella era Alegría porque él quería que lo fuese. Así de sencillo.

Cuando las vacaciones de Alfonso se acabaron y tuvo que volver a incorporarse a su puesto de policía en la comisaría de Pontevedra, Alegría sintió una congoja como nunca había sentido. Después de llorar en silencio buena parte de la noche, se levantó percibiendo una grisura nueva en todo, igual que si un velo hubiese caído sobre las cosas y las gentes, oscureciéndolas. A pesar de las promesas de Alfonso de no olvidarla y escribirle tan a menudo como pudiera, durante varios días temió no volver a saber nada de él. Pero en seguida llegó la primera carta, y luego otra y otra. En cuanto pudo disfrutar de un permiso, al cabo de dos meses, viajó a Castrollano, y le pidió que lo llevara a su casa. Lo suyo era formal, dijo, y quería ser presentado a los padres.

Después de que se fuera, Publio y Letrita se sentaron a hablar con Alegría. Respetaban sus sentimientos y su voluntad, pero querían que pensase bien en aquella relación. A ellos Alfonso no les había gustado mucho. No podían señalar nada en particular —era educado y atento, evidentemente—, pero había algo en él, algo indefinible y turbio, que les inquietaba. Quizá tenía que ver con su trabajo, que sin duda le había acostumbrado a convivir con la violencia y el sufrimiento sin inmutarse, quizá con la falta de cultura que reflejaba su limitado vocabulario, quizá —como observó Letrita aunque no dijese nada— con aquella especie de relámpago que a veces le tensaba de pronto, durante unos segundos, la cara y las manos y le endurecía la mirada. Fuera como fuese, le pidieron que estuviera atenta a cualquier señal desagradable. Y ella lo estuvo. Pero las cartas de Alfonso eran cada vez más cariñosas, más nostálgicas de su compañía.

En el segundo viaje, la última tarde de su estancia, la llevó al balneario del Mediodía donde se habían conocido y allí, bajo una lluvia feroz, en medio del rugido de las olas, la besó largamente en los labios y luego le pidió que se casase con él, a pesar de que sabía que estaba siendo egoísta —según dijo con la voz entrecortada—, porque lo único que podía ofrecerle por el momento era una vida de privaciones y cambios constantes de domicilio, tres años como mucho en cada ciudad hasta el siguiente traslado, pero si conseguían ahorrar lo suficiente un día podrían volver a Castrollano y abrir, como él soñaba, una pastelería. Alegría dijo que sí sin dudarlo un instante. Aquellos meses de separación le habían hecho comprender que prefería el infierno con él a la mismísima gloria sin su presencia. Los padres trataron de persuadirla por todos los medios para que esperase un poco. Apenas lo conocía, le dijeron. Todavía era muy joven y no pasaba nada si alargaba el noviazgo un tiempo. Pero ella no quiso hacerles caso. Siempre se había arrepentido de su terquedad.

Ya la noche de bodas, que pasaron en un hotel modesto cerca del muelle, fue para ella una decepción. La forma en que la tomó, sin decir una palabra tierna ni prestar atención a su timidez o su dolor, y dándose la vuelta para dormir nada más terminar, relajado y caliente como un animal satisfecho, le hizo dudar de su amor. Pero el infierno —el infierno con él, al que ella misma, en su ingenuidad, había aspirado— comenzó dos días después. Apenas llegados a su piso de Pontevedra, frío y oscuro, y tan feo y desangelado como la propia comisaría en la que él trabajaba, le dio órdenes precisas sobre todo lo que debía hacer para mantenerlo contento. Órdenes tan asombrosas como amenazadoras. Alegría supo desde ese instante que le entregaría cada día una cantidad de dinero, lo imprescindible para la compra y los recibos, y que jamás debería sobrepasarla sin su permiso. Fue informada de lo que le gustaba comer y lo que no, y de que él se sentaría a la mesa a la hora que le diese la gana, especialmente por la noche, pues lo mismo podía llegar pronto que tarde, según le apeteciese. Y, sobre todo, aprendió que nunca debía preguntar ni protestar por nada. Él no estaba dispuesto a someterse a interrogatorios de mujeres ni a aguantar quejas y lloriqueos, eso le dijo. Después de explicarle todo aquello con la voz y el gesto inusitadamente duros, la abrazó, la besó y le susurró que estaba muy orgulloso de que fuese su mujer y que iban a ser muy felices juntos. Ella lo puso en duda, pero todavía quiso creer que todo iría bien y que lo único que ocurría es que a Alfonso le costaba trabajo adaptarse, tan acostumbrado como estaba a la soltería, a compartir su vida con alguien.

En sus frecuentes cartas a su familia y sus amigas —cuya añoranza le hacía derramar lágrimas cada mañana, después de que Alfonso se fuera al trabajo sin ni siquiera despedirse—, Alegría calló sus penas. Por su carácter discreto, solía quejarse poco y, además, no quería entristecer a los suyos. Así que les hablaba, en términos tan vagos como tópicos, de su felicidad, de las atenciones de su marido, de las nuevas amigas con las que cada día intimaba un poco más.

Pero, en realidad, no había ninguna amiga con la cual intimar, pues Alfonso nunca le presentó a nadie, ni la sacó a merendar con los compañeros y sus mujeres, como hacían otros maridos. Al cabo de unos días llegó a prohibirle que saliera ella sola, salvo para hacer la compra o ir los domingos a misa. En Castrollano, Alegría no pisaba la iglesia desde hacía años. Pero en Pontevedra volvió a hacerlo. Aunque su fe menguada no lograba renovarse, asistir a la misa significaba para ella un verdadero alivio. El domingo por la mañana se lavaba el pelo y se lo arreglaba cuidadosamente. Luego se ponía su mejor vestido, y salía sintiendo un leve contento, el ligero placer de caminar un rato por las calles mirando los escaparates de las tiendas y observando el paso de los días en los árboles del pequeño parque que debía atravesar, y también el de ver rostros agradables de gentes desconocidas que, sin embargo, la reconfortaban al imaginar su felicidad, tan semejante sin duda a la que ella misma había sentido en el pasado, cuando era una muchacha despreocupada y querida.

Un día incluso se atrevió a confesarse. Pensó que quizá hallaría alivio y consejo en las palabras del cura, a quien le expuso, con toda la suavidad de que fue capaz, su penosa situación. Pero la voz aquella, desde el otro lado de la celosía, se limitó a decirle que a menudo los matrimonios eran así y que los hombres —que tanto tenían que trabajar y luchar fuera de casa para mantener el hogar— padecían tribulaciones que se escapaban a la comprensión de las mujeres. Añadió que su obligación era sobrellevar con paciencia los desplantes del marido, y que debía pedirle a Dios que la ayudase a ser una buena esposa y, sobre todo, que la hiciera pronto madre, porque los hijos dulcificarían el carácter de los dos y templarían su relación.

Alegría se sintió decepcionada por esas palabras que parecían poner de relieve su ignorancia de la vida y la aislaban aún más del mundo de los otros, tan distinto de aquel en el que ella siempre había vivido y que, en su inocencia, creía el único común. A pesar de todo, rezó unas cuantas noches seguidas pidiéndole al Dios en el que no lograba creer que le diera un hijo. Luego se olvidó, pero el hijo —la hija, en realidad— llegó a pesar de todo. El embarazo fue para Alegría un largo momento de felicidad. Vivía ensimismada, observando las cosas y los sucesos con una rara distancia. Incluso dejaron de hacerla sufrir las constantes groserías y las ausencias nocturnas de Alfonso, que cada día llegaba más tarde, más borracho y de peor humor, a pesar de su notorio entusiasmo por el próximo nacimiento de un chico, pues estaba seguro de que varón sería. De mis cojones sólo pueden salir otros cojones parecidos, decía a menudo, observando con avidez la hermosa barriga creciente de su mujer.

Cuando llegó a los siete meses, armándose de un valor inusitado, Alegría se atrevió a decirle a su marido que le gustaría volver a Castrollano y que la criatura naciese allí. De esa manera, no sería necesario que su madre y alguna de sus hermanas se trasladasen a Pontevedra para ayudarla, con las molestias que eso implicaría para él. Alfonso aceptó, y la acompañó incluso en el tren, despidiéndose de ella un par de días más tarde con grandes muestras de cariño, interminables súplicas a toda la familia para que la cuidase y unas pocas lágrimas que resbalaron orondas por sus mejillas en el último momento. A ella le dio igual aquel teatro. Desde que puso el pie en el andén de la estación y la humedad del aire salado se le pegó de pronto a la piel, a la vez que se abrazaba a sus padres y sus hermanas, había vuelto a ser la niña feliz del pasado. Así que calló de nuevo sus penas y hasta creyó haberlas olvidado, envuelta en la dulzura de los mimos familiares, los buenos guisos de Letrita, los viejos objetos domésticos, los cuidados de las amigas y el intenso olor del mar, que se agitaba aquellos días rabioso y descomunal, como queriendo regalarle la furia que a ella tanto le había gustado siempre.

A mediados de otoño del año 29, un día de lluvia interminable, después de un parto breve y casi indoloro como solían ser los de las mujeres de la familia, nació Merceditas. Muerta de felicidad y de ternura,

Alegría no sólo no echó en falta a su marido, sino que llegó a olvidarse de su obsesión por tener un hijo varón y hasta de su propia existencia. No empezó a preocuparse hasta que, quince días después del alumbramiento, Letrita mostró con cautela su sorpresa por no haber recibido ninguna noticia de Alfonso, a pesar de que le habían mandado un telegrama y una carta posterior. Ella lo excusó alegando que no le gustaba mucho escribir, pero en ese momento empezó a acordarse de él, a imaginar lo que iba a suceder y temerlo. La nube que durante aquellas semanas había velado su realidad acababa de desvanecerse, dejándola otra vez nítida y fea frente a sus ojos.

Cuando un par de meses después su marido llegó un día a buscarla, sin previo aviso, se le agolpó de pronto tanta angustia en el pecho, que la leche se le cortó. Alfonso estuvo, como de costumbre, encantador. Besó tierna y repetidamente a su mujer y a la niña, afirmando no haber visto nunca una criatura más guapa que aquélla, tan parecida a su madre y a su abuela. Aseguró haber enviado varias cartas de cuya desaparición debía ser culpable el servicio de correos, que siempre funcionaba mal. Compró flores para Alegría y pasteles para toda la familia. Y al cabo de dos días, protegiéndolas firmemente con su brazo poderoso —que nunca temblaba a la hora de dar una paliza a un detenido o empuñar la pistola—, las subió al tren de las 10, camino de Pontevedra.

Alegría mantuvo el tipo como pudo hasta que la locomotora arrancó y, muy lentamente, las queridas figuras familiares fueron alejándose, volviéndose diminutas en el espacio, a la vez que se hacían enormes en su corazón. Imaginó a su padre frotándose nervioso las manos, a la madre mordiéndose los labios para evitar que le temblase la barbilla, a María Luisa hablando de tonterías en voz muy alta, como si no ocurriese nada, a Miguel refunfuñando contra el sentimentalismo burgués a pesar de su nudo en la garganta y a Feda dejando que las lágrimas cayeran libremente de sus ojos. Los imaginó regresando a casa, al luminoso piso de la cuesta del Sacramento, más silenciosos que de costumbre. María Luisa, siempre la más fuerte, calentaría la carne guisada y freiría unas patatas. Feda, aún llorosa, pondría la mesa. El padre y la madre se sentarían entretanto el uno al lado del otro, y fingirían parlotear de las cosas cotidianas, ocultando su congoja. Letrita incluso se levantaría para colocar en su sitio una de las tazas del aparador, la de la esquina de la derecha quizá, como si aquella nimia prueba de desorden fuese en ese momento su mayor problema.

Le dolía el corazón. Miró a la niña, dormida en sus brazos, con su carita feliz y sonrosada y el leve ronroneo en los labios. Y se sintió desgraciada y sola como nunca se había sentido, cargada con una responsabilidad, la de criar a su hija, que en ese momento le resultaba aterradora. Se puso a llorar. Las lágrimas caían sobre la manta blanca que envolvía a Mercedes. Mantuvo la cabeza agachada para que Alfonso no se diese cuenta. Pero él debió de notar algo, porque de pronto le agarró la cara y se la levantó. Alegría evitó mirarle a los ojos, aunque pudo imaginar su aspereza mientras le hablaba:

—¿Qué es esto...? ¿Lloriqueas porque vuelves a tu casa...? El que tenía que llorar soy yo, que no has sido capaz de darme un hijo... ¡Cállate ya, que pareces boba...!

Aquella noche, hacia las dos de la madrugada, cuando Merceditas llevaba un par de horas berreando y ella trataba desesperadamente de calmarla en la cocina, Alfonso se levantó. Alegría suspendió sus paseos y el suave canturreo con el que intentaba dormir a la niña. Lo que sucedió no fue una sorpresa, aunque le dejase para siempre una tremenda cicatriz en el alma.

—¿Tú crees que se puede dormir en esta casa? —Alfonso chillaba como un loco—. ¡Haz que se calle de una puta vez, que yo tengo que ir mañana a trabajar!

Alegría sólo se atrevió a susurrar:

—No sé qué le pasa, nunca se había puesto así.

El bofetón estuvo a punto de tirarla al suelo. Apretó a la niña contra su cuerpo, para evitar que se le cayese de los brazos. En ese mismo instante, Merceditas dejó de llorar. Ella supo que, de alguna manera, su hija quería evitarle más dolor. Y supo también, con el estupor y la resignación de quien alcanza a ver en un segundo el porvenir iluminado y obvio, igual que un paisaje nocturno bajo el fulgor repentino de un rayo, que aquélla había sido sólo la primera vez. Y que no tendría valor para contarlo.

No fue capaz de hacerlo ni siquiera después de su fuga de Zaragoza. Aunque, a decir verdad, tampoco hizo falta. Durante el viaje a Castrollano, Publio le dijo:

—No voy a preguntarte nada, Alegría. Cuéntame tú lo que quieras y cuando quieras, si es que quieres. Pero te voy a pedir que me prometas dos cosas. Que nunca se te pasará por la cabeza que tú has sido la culpable de lo que ha ocurrido, sea lo que sea. Y que nunca volverás con él. Aunque te llame, aunque te suplique, aunque se tire llorando a tus pies.

Alegría asintió. Por lo demás, nadie volvió a mencionar el asunto, y el nombre de Alfonso desapareció para siempre de la familia. A su llegada a casa fue recibida con la misma normalidad que si regresara de un viaje de vacaciones. No hubo preguntas, ni gestos de lástima ni palabras veladas. Ella se instaló otra vez en su antigua habitación, que ahora compartía con la niña, y en seguida volvió a recuperar las viejas costumbres de la vida cotidiana, los asuntos de la casa, los juegos con Mercedes, los paseos con las amigas, las tardes de lectura... La vida volvía a merecer la pena. Sin embargo, el miedo no se le iba. A veces, mientras caminaba por una calle, creía ver a Alfonso doblando la esquina frente a ella, sonriente y espantosamente amenazador, y tenía que hacer un enorme esfuerzo para no echar a correr y convencerse de que sólo era una mala pasada de su imaginación. Muchas noches soñaba con él, siempre el mismo sueño terrible. Pero no era a ella a quien perseguía, sino a Publio y a Merceditas, que intentaban correr sin lograrlo por un largo pasillo embaldosado, mientras aquel hombre horroroso sacaba la pistola y empezaba a dispararles. En ese momento, justo cuando él apretaba el gatillo, Alegría se despertaba sudando y gimiendo, y tenía que aceptar una vez más que su fantasma era demasiado poderoso para poder conjurarlo.

Un mes después de su regreso a Castrollano, entró a trabajar de dependienta en la droguería Cabal. No era un gran empleo, pero no podía seguir viviendo a expensas de su padre. Quería dejar de sentirse refugiada y débil, acogida como una enferma a la protección de la familia, evidente por más que nadie mencionase su desgracia. El día de la entrevista con doña Adela, la dueña, cuando le preguntó su estado, se sorprendió a sí misma diciendo que estaba viuda. Mientras regresaba a casa se preguntó por qué había mentido de esa forma. Y se dio cuenta de que, en realidad, eso era lo que deseaba: que Alfonso se muriese. Y que con él se muriese su miedo.

El primer año después de su huida fue lento y angustiosamente expectante. No podía evitar pensar que en cualquier momento llegaría la catástrofe, y algunas mañanas, sobre todo en invierno, le costaba mucho salir a la calle sola. Pero después el tiempo fue recuperando su ritmo normal. Iban pasando los meses, y luego los años, y no había noticia ninguna de Alfonso. El miedo fue disolviéndose poco a poco, engullido despacio por la tenacidad de la ausencia. Sin embargo, todavía de vez en cuando aparecía de pronto la maldita pesadilla, como si algún remoto rincón de su mente no acabara de creerse la desaparición de la amenaza, el fin definitivo del tormento.

Sólo después de la guerra, cuando los nombres de los muertos y los desaparecidos ocupen las sobremesas hambrientas de todas las familias, Alegría empezará a pensar que tal vez sea verdad que está viuda. Si han caído tantos en el frente, ¿por qué no iba a ser uno de ellos Alfonso? Y esa idea irá depositándose lentamente en su espíritu, a lo largo del tiempo, hasta hacerse verdad a sus ojos. El hombre con el que se casó está muerto, enterrado, convertido en polvo. Y quizá su alma cruel vague por los infiernos.

Por eso aquella mañana del otoño del 45, la noticia de su presencia en Castrollano, aún vivo, hará que le estalle un volcán de odio y miedo en la cabeza. A primera hora de ese día, recién abierta la oficina, un tipo desconocido se presentará allí preguntando por ella:

—Soy Jesús Vela, amigo de su marido, no sé si me recuerda. —A Alegría le temblará la mano al estrechar la suya. No, no se acuerda de él, pero en ese momento ni siquiera puede intentar hacer memoria—. Vengo de su parte. Está aquí, muy enfermo. Una cirrosis, ya sabe. Los médicos dicen que le queda poco. Quiere verla. Está en el hospital de la Caridad. ¿Irá usted?

Alegría no será capaz de responder. Cuando el hombre se haya ido, después de insistirle, pedirá permiso en el trabajo. No se encuentra bien, dirá. Caminará despacio por las calles primero y luego por los senderos embarrados hasta lo alto de la colina del Paraíso. El mar está aquel día tranquilo y verdoso, tan deseable como deben de ser los mares remotos, en lugares cálidos donde tal vez la vida de las gentes transcurra apacible, lejos de las luchas y del miedo. En lugares que no existen. Al amanecer ha llovido un poco, pero en ese momento sólo quedan algunas nubes dispersas, aquí y allá, que a ratos se entrecruzan con el sol pálido, oscureciendo el día. Huele a hierba, a viento del mar, a estiércol de vaca. El campo se ondula en la lejanía, formando pequeñas colinas sobre las que se alzan casas silenciosas y cuadras calientes. Hacia el otro lado, los prados bajan suavemente hasta los acantilados y parecen flotar sobre el océano. Dos grandes cedros recios se levantan al lado de una casona antigua. A su alrededor, las hojas de los plátanos y los olmos van enrojeciéndose. A veces caen despacio, y flotan durante un rato en el aire hasta depositarse con infinito cuidado en el suelo. Unas palomas zurean en algún sitio, y algunos caballos pastan tranquilos junto a un muro y levantan la vista a su paso para contemplarla. Cada una de aquellas cosas parece ocupar serenamente su lugar en el mundo. Están allí, seguras de lo que son. Cumplen su cometido lado a lado, pues ninguna de ellas existiría sin la presencia de las otras. Árbol, casa, nube, agua, tierra leve, vida leve. Quizá sea cierto que la vida puede ser así, apacible, sin luchas ni miedo. Quizá. Irá a ver a Alfonso. Irá a comprobar que se está muriendo, que sus puños y su pistola y su sexo van a dejarla definitivamente en paz.

Entrará en la habitación con la rara sensación de ser protagonista de una ceremonia. Huele a muerte, pero eso no la conmueve. Se acercará a la cama y se quedará de pie junto a él, mirándolo sin verlo. No querrá fijarse en los estragos de la enfermedad sobre su cuerpo. No lo hará porque tiene miedo de sí misma, de su felicidad. Él, en cambio, la contemplará largo rato antes de hablarle:

—Sigues estando muy guapa. Veo que las cosas no te han ido mal.

—Así es.

—¿Cómo está la niña?

—Bien. Muy bien.

—¿Se parece a ti?

—Eso dicen.

—¿Querrás traérmela?

—No.

—Ya. Todavía no me has perdonado, ¿eh?

Alegría luchará consigo misma. Estará a punto de decirle que no, que jamás lo perdonará, que aunque viviese mil años nunca podría perdonarle todo el daño, toda la pena, todo el asco, toda la humillación, todo el desprecio que le hizo sentir de sí misma ni tampoco aquella vida de mujer sola que no fue capaz de volver a mirar a un hombre a los ojos, pero que, por encima de todas las cosas, no puede ni quiere ni debe perdonarle la muerte de las gemelas. Sin embargo, un último ramalazo de piedad la hará contenerse.

—Sí, te he perdonado —le dirá—. Puedes morir en paz.

Y se irá de allí con la conciencia tranquila. Y con la vida tranquila. Para siempre. Esa noche se repetirá su sueño por última vez, pero ahora es a ella a quien persigue Alfonso, por el mismo pasillo embaldosado de las viejas pesadillas. Y ahora no se despertará cuando él esté a punto de disparar. Se volverá y lo verá desplomarse, muerto, inocente al fin y callado, mientras la pistola rueda sobre el suelo y cae al mar.

A la mañana siguiente, Jesús Vela volverá a su oficina.

—Alfonso ha muerto esta noche —le dirá.

—Ya lo sabía. Gracias.

—¿Va a asistir usted al entierro?

—No, no iré.

La mirada del hombre será reprobadora. Ella se la sostendrá firmemente, sin inmutarse, hasta que sus ojos atraviesen de pronto aquel cuerpo y vuelen por encima de la ciudad y se posen con calma en la colina del Paraíso, sobre un gran prado luminoso y el agua mansa más allá. En paz.

LOS SUEÑOS DE MERCEDES

—

Alegría cierra tras de sí la puerta del portal con tal estrépito, que todas se vuelven a mirarla, asombradas de aquel inesperado arranque de cólera. Ella suspira aliviada, y hasta parece sonreír un poco, como si el golpe furioso la hubiera resarcido de tanta humillación. Un grupo de murciélagos aletea y chilla, revoloteando en la oscuridad pegajosa de la calle. La noche ha caído, lenta, triste, sobre Castrollano. Las viejas farolas que aún quedan en pie, apagadas, parecen esqueletos deformes. Detrás de algunas ventanas, las luces mortecinas producen sombras agigantadas, informes monstruos que van y vienen. Merceditas los contempla con aprensión, temiendo que aquellos fantasmas atraviesen cortinas y cristales y se les abalancen encima, arrastrándolas al otro mundo. Desaparecerán, y nadie preguntará por ellas, nadie llegará ni siquiera a saber que estaban allí, que habían vuelto, que aún existían. Serán menos que polvo, menos que aire, nada, cuatro mujeres y una niña que no son nada y a quienes nadie creerá recordar. La manita suave de Mercedes aprieta con fuerza la de su madre, de pronto fría pero aún tan firme que el miedo se aleja, aleteando en las tinieblas como los murciélagos.

Entre las ruinas del mercado del Sur, una hoguera anuncia la presencia de gentes. Se oyen murmullos, llantos de niños, una voz de mujer que chilla, ¡déjame ya, hijo de puta, que hueles a podre!, golpes, quejas, silencio, murmullos, llantos de niños... El ruido de la miseria, piensa Letrita, y por un momento tiene la debilidad de imaginarse a sí misma y a las chicas así, desprovistas de todo, acogiéndose al calor dudoso de un fuego y una manta vieja, al refugio desvalido de un muro vacilante. La negra vida de los derrotados.

Un poco más allá, detrás de las casas de la Carbonería, las monjas del hospicio, alertadas por una buena mujer, recogen esa noche a cuatro criaturas. Han estado caminando todo el día. La tarde anterior se les murió la madre, allá en el caserío donde vivían, y una vecina les hizo saber que no había quien se hiciera cargo de ellos, y que más les valía echar a andar hacia Castrollano, porque en la ciudad vivía mucha gente con dinero que les daría de comer. Al padre no lo han vuelto a ver desde que se fue a la guerra, pero la misma vecina les dijo que no lo esperasen, que estaba muerto y bien muerto, fusilado junto con otros muchos de la comarca. La mayor —a quien ya le asoman unos pechos tiernos por debajo de la blusa remendada— entrará pronto de criada en casa de un viudo. El segundo se escapará un par de meses después del hospicio, y acabará siendo un cadáver destrozado, sin cara ni nombre, bajo las ruedas de un tren. A los dos pequeños las monjas los darán en adopción. Ninguno de ellos volverá a saber nada de los otros, aunque soñarán por las noches con extrañas caras de niños llenos de mocos.

Las mujeres de la familia Vega caminan silenciosas por la ciudad asolada y oscura. La madre no ha dicho nada desde que abandonaron la casa de Sacramento, pero todas saben que se dirigen a la calle del Agua, al piso de Carmina Dueñas que, de seguir viva, las acogerá sin duda. Carmina y Letrita son amigas desde niñas. A los seis años, ya compartían el mismo pupitre en la escuelita de doña Rosario, donde aprendieron algunas reglas de aritmética y gramática y todas las posibles combinaciones de puntos y bordados, dientes de perro, bastillas, repulgos, vainicas, recamados, entredoses, bodoques, festones... Carmina siempre fue una costurera primorosa, y toda la vida regaló a las amigas camisas delicadas, exquisitos tapetes y hasta hermosos cubrecamas trabajados punto a punto en sus largas horas de soledad.

Pero Letrita olvidó todo lo aprendido apenas hubo abandonado la escuela a los doce años. Quizá lo hizo creyendo que, al ignorar el trasiego de las agujas y las telas y los suaves hilos de seda, evitaría el destino de su hermana mayor. Elisa —tan hermosa con su ondulado pelo rubio que a Letrita, de niña, le parecía un hada— había sido la bordadora más entregada y virtuosa de cuantas conocieron las aulas de doña Rosario. Se pasaba las horas sentada en el mirador de la casa, frente al puerto, enredando ensimismada los dedos en las preciosas madejas de hilo y acariciando los tejidos de sutiles texturas con el mismo placer con el que una amante mimaría la piel del cuerpo deseado. De sus manos salían, sin esfuerzo aparente, flores todavía húmedas del rocío, guirnaldas de hojas a las que el sol aún no había devorado la palidez virginal de las primeras horas y hasta pájaros de fuego que parecían cantar. La gente se quedaba admirada ante sus bordados, tanto como ante su inquietante belleza y su permanente silencio, tan raros la una y el otro que las mujeres mayores se preguntaban en voz baja dónde encontrarían los Cristóbal un hombre con el valor suficiente para pedir en matrimonio a aquella muchacha tan ajena al mundo. Pero no hizo falta buscarlo: al cumplir los catorce años, su madre le comunicó que se haría monja. En el monasterio de clausura de las Pelayas necesitaban hermanas de manos habilidosas para cumplir con los muchos encargos que recibían. Habían visto algunos de sus trabajos, y estaban dispuestas a aceptarla sin dote, todo un privilegio para una familia como la suya, que de otra manera jamás habría podido permitirse el lujo de meter monja a una hija en un lugar como aquél.

Nadie recordaba haber visto nunca llorar a Elisa, ni siquiera de pequeña, pero en cuanto supo la noticia empezó a caerle por las mejillas un borbotón de lágrimas silenciosas, que ya no volvió a cesar. Su único gesto de resistencia fue un susurro, no, madre, por favor, pero la madre se dio media vuelta y la dejó plantada en el mirador, con el llanto derramándose sobre los hilos de colores, que se destiñeron en su regazo hasta formar una absurda mancha estridente.

Seis meses más tarde, Elisa murió en la enfermería del monasterio. Ningún médico se atrevió a diagnosticar la razón. Quizá fue de pena, dijeron. La propia abadesa había llamado a los padres poco después del ingreso para decirles que estaba convencida de que la vida de clausura no le sentaba bien a Elisa, que la pobre criatura no paraba de llorar y temblar de frío y se negaba a comer, que sin duda alguna el misericordioso Dios no la quería religiosa y enferma, y que era mejor que se la llevasen a casa. El padre, como siempre, calló. La madre frunció el ceño y se negó a hacerse cargo de aquella hija caprichosa. Después de mucho insistir, la abadesa comprendió que se las veía con una mujer sin corazón, y decidió cuidar a la desdichada niña y encomendar al Señor su destino.

Unos días más tarde, Letrita fue con su padre a verla. Regresó a casa tan consternada, que aquella noche le subió altísima la fiebre. Su hada rubia se había convertido en un espectro. La piel le colgaba sobre los huesos de la cara como a una anciana, y de los ojos, hinchados y purulentos, seguían brotándole sin descanso las lágrimas. No dijo nada, pero cuando ya se iban le acarició la mano a través de la reja que las separaba y la miró intensamente durante unos segundos. Letrita no vio que su boca se abriera, pero a pesar de eso oyó claramente su voz susurrándole: No dejes que te hagan lo mismo que a mí, no dejes que decidan tu vida.

Desde aquella mañana, Letrita dejó de creer en Dios y en sus padres. Sólo tenía once años, pero comprendió que la crueldad de los arrogantes era uno de los más demoledores atributos del ser humano, y que la sumisión de los débiles equivalía a su aniquilación como personas. Decidió que ella haría otra vida, una suya, propia, al margen de la voluntad materna. Durante mucho tiempo, se imaginó escapándose de casa y viajando a bordo de uno de los grandes veleros que atracaban en el puerto hacia alguna de aquellas ciudades de nombres preciosos que aparecían en los carteles de las compañías de navegación, Maracaibo, Callao, Montevideo, Veracruz o quizá La Habana, a cualquier lugar lejano y desconocido donde nadie tuviese poder sobre ella. Aún no había renunciado a ese sueño cuando apareció Publio, pasando cuatro veces al día bajo el mirador en el que antes bordaba la silenciosa Elisa y donde ahora se quedaba ella muchas horas, interesada en el ajetreo constante de los muelles. Cuando empezaron a verse a escondidas de los padres y a tener largas conversaciones, sentados en lo alto del cerro de las Hermanas sobre los periódicos que Publio desplegaba con cuidado para no ensuciarse, Letrita supo que era en el mundo bondadoso y sereno de aquel hombre en el que ella quería vivir. Y que valdría la pena luchar a su lado para liquidar el tiempo de los crueles y los sumisos.

Durante todos aquellos años, la confidente de sus penas y sus anhelos había sido Carmina Dueñas. Habían aprendido a reírse juntas de sus disgustos y sus fracasos, y la risa las unió con un lazo más inquebrantable que cualquier concepción del mundo. Cuando Carmina, al cabo de mucho tiempo de matrimonio estéril, comprendió por fin que nunca tendría hijos, empezó a tratar como propios a los de su amiga, que entretanto paría una y otra vez, aunque algunos de los niños se le morían enseguida. Y cuando se quedó sola y a punto de cumplir los treinta, en aquella absurda situación que ella misma denominaba de viuda con el difunto vivito y, sobre todo, coleando, la familia Vega pasó a ser definitivamente la suya.

Carmina había hecho una buena boda. Manolo Rueda la quería, y era el tipo más divertido de cuantos pisaban Castrollano, además de propietario de una pequeña mercería que daba lo suficiente para vivir bien. Entusiasta y nervioso, se lanzaba a todas las aventuras que se le ponían por delante, incluidos negocios ruinosos, escaladas a montañas altísimas, farras con los amigos, excursiones por comarcas remotas o amoríos con vicetiples robustas y coristas descaradas. Carmina, que lo trataba como a un niño, se lo perdonaba todo, hasta lo de los amoríos, porque sabía que la seguía queriendo, y para ella eso bastaba. Por lo demás, como solía decir sin ningún recato a sus amigas, prefería un marido infiel y feliz a un esposo devotísimo pero mustio.

El día que cumplió los cuarenta años, en 1909, Carmina se lo encontró al llegar de la mercería justamente así como no se lo quería encontrar, mustio, cabizbajo, tristón. Acababa de darse cuenta de que lo mejor de su vida había pasado, le confesó. ¿Y qué había hecho? No había cumplido ninguno de sus sueños de infancia, no había cruzado el Orinoco, ni pescado un tiburón, ni avistado las cumbres nevadas de los Andes, lloriqueó. Así que Carmina, abrazándolo, se lo dijo muy clarito: Pues vete, hijo, vete, haz todo lo que puedas, yo me quedo aquí tan feliz. Y se quedó.

Manolo se marchó una mañana de primavera a bordo de un vapor correo de nombre conveniente, *El Despreocupado*, para no volver nunca más. No llegó a avistar las cumbres de los Andes ni cruzó el Orinoco, pero sí que logró pescar algunos tiburones allá en el mar Caribe, junto a Manzanillo, donde se instaló al descubrir que la isla de Cuba le ofrecía muchas más aventuras que Castrollano y todo el continente europeo juntos, y que una mulata de nombre Lolita reunía en sí la robustez y el descaro de todas las vicetiples y coristas posibles, además de la santa paciencia de su esposa.

Cuando supo que su marido no pensaba regresar a casa, Carmina no se lo tomó del todo mal, e incluso llegó a habituarse pronto a su rara situación y a cogerle cariño a la familia que Manolo iba creando en Manzanillo y de la que le daba puntual cuenta en sus frecuentes y tiernas cartas. Fue la madrina por poderes de la primera hija, a la que pusieron su nombre y de la que ella se ocupó en la lejanía con toda la devoción de una madre postiza. A pesar del escándalo de muchas de sus amigas, las fotografías de las siete criaturas de su marido fueron alineándose con los años en la consola de su sala de estar, junto a otra más grande en la que posaba muy sonriente y moreno el propio Manolo al lado de su mulata, bien enganchetados del brazo. A cambio, ella le envió un retrato de su boda que la pareja de concubinos colgó sobre el cabecero de su cama. Poco a poco, la gente fue acostumbrándose a aquella situación, y llegó a ser normal que las clientas menos pacatas de la mercería le preguntasen por la salud de su marido, la otra mujer y los niños.

La única pena de Carmina durante aquellos años se la había provocado su cobardía: a pesar de la insistencia de Manolo y hasta de Lolita y los críos, que siempre añadían unas letras en las cartas, nunca tuvo valor para coger un barco y plantarse allí. Estaba convencida, por alguna extraña superstición que ni ella misma podía explicarse, de que en cuanto se alejase de Castrollano le sucedería algo malo, quizá la muerte. Ése fue también el motivo por el cual no quiso huir con los Vega de la ciudad, a pesar de que por aquel entonces andaba muy desanimada. La guerra, con sus infinitas penalidades propias y ajenas y, sobre todo, la falta de noticias de la familia cubana desde que el correo de ultramar había dejado de funcionar la tenían acongojada. Cuando, después de todos aquellos meses viviendo en su casa, Letrita le anunció su decisión de abandonar Castrollano y le pidió que se fuese con ellos, rompió a llorar como una niña, pero aun así fue incapaz de dar el paso. Sólo a la hora de la despedida recuperó su humor, y aseguró entre risas que en realidad se quedaba porque no podía imaginarse siendo peinada por manos distintas de las de su peinadora de toda la vida. ¿Cómo iba a arriesgarse ella a perder el poco pelo que aún le quedaba y a que se lo cambiasen de color? Hijas, añadió, a ver si me voy a morir por ahí hecha un adefesio. ¡Ni hablar!

Letrita recuerda ahora su cara en el último instante, al otro lado de la misma puerta a la que acaba de llamar con su sonido rítmico de siempre —un golpe largo y tres breves—, la cara redonda y afable de Carmina, sus ojos pálidos tan a menudo achinados y húmedos de la risa, el pelo blanco teñido siempre con un reflejo violáceo, la colonia barata que en ella huele sin embargo a rosas frescas, recuerda toda la ternura y el apoyo y la comprensión y la entereza que le debe, y anhela desesperadamente que esa puerta se abra para abrazarla más fuerte de lo que jamás la ha abrazado y sentir una vez más que, pase lo que pase, ella está ahí, con su clara e infinita amistad entre las manos.

Cuando al fin aparece, después de haberlas descubierto a través de la mirilla, el rostro de Carmina ha vuelto a ser el de la niña que fue. Toda ella, en realidad, se ha transformado. Se sonroja como una niña, grita como una niña, las besuquea y abraza una y otra vez como una niña que hubiese recuperado lo más querido. Pero la alegría queda pronto velada por las malas noticias de una y otra parte: la muerte de Publio y Miguel, y la del tío Joaquín y Manolo, que sucumbió a unas fiebres palúdicas el último día del año 38. La carta de la ahijada comunicando la desgracia en nombre de su madre anafalbeta tardó cinco meses en llegar, pero, milagrosamente, llegó. De todas maneras, ella ya se barruntaba algo, porque aunque nunca se las había dado de bruja ni creía en los espíritus, aquella noche del 31 de diciembre la foto de Manolo y Lolita se cayó de la consola y el cristal se hizo añicos contra el suelo. Desde entonces se le había quedado como una sensación de vacío por dentro que no se le curaba con nada y que se asentó definitivamente con la llegada de la carta de Cuba.

Letrita y Carmina se cuentan y se escuchan las penas con calma. Para ellas ha pasado ya el tiempo de la vehemencia, el tiempo de la desesperación. Han aprendido que a cierto dolor sólo se sobrevive conformándose a él, adaptando a su garra cada una de las células del cuerpo. Saben que es inútil combatirlo, inútil darle de lado, inútil olvidarlo, porque no se olvida. Saben que hay que llevarlo dentro y dejarle hacer su tarea, cavar su hoyo, morder su presa, abatir su víctima. Hay que vivir en paz con el dolor y acompasar el paso al suyo. Por eso no necesitan llorar la una por la otra, ni hacerse aspavientos y buscar palabras compungidas o consoladoras. Les basta con sentir que, una vez más, están ahí, ellas sí que están aún ahí, vivas, presentes, sentadas lado a lado igual que se sentaban en el pupitre de la escuelita de doña Rosario, tibias y juntas aunque los corazones estén retorcidos y arrugados de tanto vivir.

Las hijas respetan en silencio el reencuentro y las confidencias de las amigas. Pero Merceditas no. Merceditas acaba de cumplir nueve años, y no quiere oír hablar más de muertos ni de tristezas. Cuando empezó la guerra, no llegó a comprender lo que sucedía. Delante de ella, todos se esforzaron por ocultar la crueldad de las cosas, y evitaron mostrarle el miedo o la angustia. Su única pena fue la postración del abuelo, pero a eso se acostumbró enseguida. En cuanto a la muerte del tío Miguel, la sintió más por el dolor de su familia que por el suyo propio, pues no había tenido mucho trato con él. El resto —los tiroteos, las bombas, las huidas, la vida a salto de mata— lo recuerda como si hubiese formado parte de un juego prolongado y no de una tragedia.

Luego llegó Noguera, y aquella existencia apacible en el campo, correteando con los nuevos amigos entre los naranjales y las huertas y bañándose en las albercas a escondidas de los paisanos. Pero la muerte del abuelo puso fin a la despreocupación. Por primera vez, comprendió lo persistente y hondo que puede llegar a ser el sufrimiento. Y aquella sensación salpicó de pronto todo lo ocurrido a su alrededor en los últimos años, ensombreciendo su memoria. Ahora, de regreso a la ciudad de la que guarda recuerdos fragmentados, quiere olvidar todo eso, olvidar la negrura de las ropas, la palidez de las caras, el hondo resonar de los sollozos, el latigazo demasiado doloroso del adiós definitivo. Quiere olvidar la derrota, la convulsión mal disimulada que provocaron en casa las noticias del fin de la guerra, el miedo que ha creído adivinar en las miradas y las voces y sobre todo en los largos silencios ensimismados. Por las noches, piensa en todo eso cuando cierra los ojos. A veces, demasiado acongojada, necesita hablar de ello con Alegría:

—Mamá, ¿qué nos va a pasar?

—No nos va a pasar nada, mi luna. No sé, quizá durante algún tiempo no podremos comer cosas ricas y tú no tendrás vestidos nuevos. Pero eso no es lo más importante, Mercedes. Lo más importante es que la abuela y las tías y tú y yo estamos juntas. Y estando juntas no nos va a pasar nada malo.

—Pero hemos perdido la guerra...

—Sí, hemos perdido.

—El otro día hubo una pelea en la alberca. Unos decían que los que han ganado son los malos, y otros que no, que los malos somos nosotros, y que vamos a ir todos a la cárcel, y se pegaron hasta que Julio empezó a sangrar por la nariz y nos llamó rojos de mierda y dijo que se lo iba a decir a su padre para que nos fusilaran...

Alegría calla durante un rato. Hace tiempo que no sabe a ciencia cierta qué decirle a la niña sobre esos asuntos. A menudo lo ha hablado con las otras, pero no acaban de ponerse de acuerdo. Letrita cree que es mejor no darle demasiadas explicaciones. Siempre ha pensado que no es bueno que Mercedes crezca odiando a nadie, y ahora que la guerra está perdida, opina además que no es justo que ella pague también por las cosas de los mayores, y que deben dejarla tranquila hasta que pueda entender ciertas cuestiones y pensar por sí misma. María Luisa, sin embargo, es partidaria de informarla de todo y de educarla en las mismas ideas en las que han sido educadas ellas. Esto no va a durar toda la vida, dice, y alguien tendrá que tomar el relevo cuando nosotros ya no estemos. Si no preparamos a los niños para el futuro, ¿qué será de ellos y del mundo?, afirma convencida. Y ella se pregunta si no tendrá razón. Pero se le parte el alma cuando piensa en su hija señalada con el dedo por la calle, rechazada en la escuela, arrinconada por pertenecer a los derrotados. Entonces la abraza fuerte y la besa muchas veces, como si así pudiese conjurar el mal que la amenaza.

—No hagas caso de esas cosas, mi luna. Son bobadas de niños. Aquí no hay ni buenos ni malos.

Unos piensan unas cosas y otros pensamos de manera distinta, eso es todo. Lo que es terrible es que alguien haga una guerra en nombre de sus ideas. Pero ahora ya pasó.

—Sí, mamá, pero empezaron ellos...

—Claro que empezaron ellos, Mercedes. Y si es verdad que hay Dios, él los castigará. Lo único que nosotras podemos hacer ya es intentar que no vuelva a suceder. No te olvides nunca de eso cuando seas mayor. Y ahora duérmete tranquila, que todo va a ir bien, ya lo verás.

Merceditas se acurruca contra su madre para sentir el calor de su cuerpo, que todavía la parapeta del mundo. Y luego, dormida, sueña que pasea de la mano del abuelo por una playa muy larga, y que el sol le hace cosquillas en la piel. Después el viento le levanta la falda, y al bajar los ojos para mirarse descubre que su vestido, negro y feo, se ha transformado de pronto en otro lleno de flores, con muchos volantes que flotan en el aire como los de los trajes de las bailarinas. Entonces el abuelo y ella rompen a reír. Cuando se despierta, recuerda el sueño y piensa que así es como quiere vivir, riéndose, y que siempre sea verano y haga sol y viento y sus vestidos sean tan bonitos que las demás niñas se vuelvan a mirarla y todas se peleen por ser sus amigas. Quiere que su madre esté preciosa, tan preciosa que un hombre muy bueno se enamore de ella y la cuide, y que la abuela vuelva a sentarse en su silla de la cocina y le cuente cuentos mientras vigila los guisos, y que la tía María Luisa hable orgullosa de los conciertos de su marido y de lo listos que son sus alumnos, y que Feda se pinte otra vez los labios y le describa los bailes a los que va con su novio. Quiere todo eso, porque todo eso significa la seguridad que la arropó durante tanto tiempo, y sabe que no es nada y es mucho a la vez.

Alegría, que observa el desasosiego de su hija mientras la abuela y Carmina se dan noticias de los amigos y conocidos y hablan de fusilados, de heridos, de arruinados y prisioneros, pero también de los que ahora se pavonean sin piedad por las calles, le propone visitar la casa. Merceditas guarda buenos recuerdos de aquel piso en el que pasó tantos meses, jugando con la casita de muñecas de la que Carmina ha cuidado siempre con fervor, una mansión inglesa llena de mueblecillos de caoba, diminutos utensilios domésticos, figuritas de porcelana y un cúmulo de vestidos, cortinas, alfombras, toallas y juegos de ropa blanca bordados por ella misma. Ahora todo aquello sigue allí, pero polvoriento, desvaído, medio desarmado. Y no son sólo los juguetes. El piso entero, con su siempre reluciente colección de trastos inútiles, baratijas y recuerdos de varias vidas, parece haberse desfondado bajo el peso insoportable de la guerra. Ya no huele a cera, ni hay plantas en los rincones luminosos, ni cestitas con manzanas en los armarios. Los muebles se tambalean, quebrantados. En la bañera, el óxido de las cañerías ha depositado un largo surco imborrable, y hasta las caras de los retratos familiares parecen haber envejecido. Sólo las fotografías de Cuba mantienen su orden y su lustre, aunque la de Manolo y Lolita está ahora coronada por una cinta negra.

Da pena ver en aquel estado esa casa que siempre fue cálida, frecuentada a las horas más inesperadas por amigas que venían a tomar un café o a echar una partida a las cartas, o simplemente a charlar un rato sentadas en las mecedoras, junto a los ventanales que dan sobre los viejos castaños de Indias del parque de Begoña. Da pena ver a Carmina, una vez pasado el primer momento de excitación, menguada y encogida, muerta de frío bajo una toquilla ajada, descuidado el pelo que ahora es de un blanco amarillento.

Pero el regreso de las mujeres de la familia Vega será para ella como una bendición, y poco a poco volverá a agarrarse a la vida con toda su generosidad y su humor. Esa misma noche, por supuesto, se quedarán allí, compartiendo las camas disponibles, como ya había ocurrido después de los bombardeos del Pisuerga. Y al día siguiente, mientras Letrita y ella preparan unas patatas cocidas con el mismo mimo y afán que si estuvieran haciendo un guiso de cordero, Carmina dejará caer:

—Friégame esa fuente, y he estado pensando que lo mejor es que viváis aquí, pásame el cucharón.

Y Letrita, que sabe que no necesita resistirse ni deshacerse en eternos agradecimientos, responderá simplemente:

—Toma, y echa un poco más de sal, las niñas van a ponerse a buscar trabajo, así que dentro de poco tendremos algo de dinero y ya haremos cuentas. ¡Merceditas! ¡Pon la mesa, por favor!

—No, espera, espera, que ya la pongo yo.

Y Carmina sacará del fondo del aparador uno de sus mejores manteles de hilo —algo amarillento del desuso—, la vajilla de porcelana inglesa, algunas piezas de su cristalería buena y hasta los cubiertos de plata con las iniciales C y M entrecruzadas que su suegra le encargó cuando la boda. Comerán patatas cocidas, sí, y tres huevos que aún le quedan de los últimos que le han bajado, a precio casi regalado, de la aldea donde pasó muchos veranos y de donde le llegan de vez en cuando, más por compasión que por negocio, fruta, algunas verduras o un poco de leche. Comerán poco y mal, pero al menos lo harán en una mesa de princesas.

En unos días, la casa de la calle del Agua volverá a estar limpia y ordenada, y aunque el escaso dinero no dé ni para comprar la achicoria de las cartillas de racionamiento y el café parezca ahora un lujo legendario, las amigas volverán a frecuentarla. Al menos algunas, porque las partidarias del antiguo orden estricto, las defensoras de la exclusividad de sus privilegios, aquellas a las que la simple mención de la palabra libertad les pone los pelos de punta, ésas no querrán volver. En realidad, como ellas mismas se cuentan las unas a las otras, Carmina siempre les pareció demasiado permisiva, con aquellas cosas raras del marido y la mujerzuela cubana, pero es que antes todo se veía de otra manera y había que disimular lo que se pensaba de verdad. En cambio ahora, en los nuevos tiempos, no se pueden perdonar esos comportamientos. Y aunque Carmina ya está viuda, eso no le justifica el pasado. Además, nunca ha hablado de política, pero todas saben que su marido era anarquista y algo así debía de ser ella misma, y si no por qué no va a misa y por qué tiene tantas amigas rojas, que hasta ha metido a Letrita y a sus hijas a vivir con ella, y ésas más rojas no pueden ser, a mí no me va a engañar la mosquita muerta, seguro que en esa casa se oyen unas cosas tremendas contra Franco y contra Dios, yo no digo que las lleven a la cárcel, no, que una todavía tiene caridad cristiana y no le desea el mal a nadie, pero por lo menos que les pongan una multa o algo así, que ésas fueron las que quemaron los conventos y mataron a los curas y míralas, por ahí tan frescas, y todavía pretenden que seamos amigas...

Habrá alguna, más desdichada, que aparezca para excusarse. Oliva, por ejemplo, que vive con un hijo falangista y feroz. Se presentará una tarde, con los ojos enrojecidos, y ni siquiera querrá pasar. Se quedará en la puerta, muerta de vergüenza de su propia cobardía:

—Sólo vengo para que sepas que no puedo venir más, Carmina. Mi hijo no me deja. Dice que si se entera de que vuelvo por aquí, me echará de casa. Y si me echa de casa, ¿dónde voy yo?

Carmina comprenderá su miedo. Oliva es demasiado vieja ya para rebelarse contra nada, demasiado débil. Podría decirle que no debe dejarse amenazar de esa manera, que no acepte que su hijo decida quiénes tienen que ser sus amigas, que más vale sola que mal acompañada... Pero no lo hace. No quiere meterse en la vida de nadie, igual que aspira a que los demás no se metan en la suya. Sin embargo, hay cosas que nunca cambiarán, la mierda de las intransigencias, el ejercicio asqueroso del poder, sea el que sea.

—No te preocupes, Oliva, lo entiendo, claro que lo entiendo. Tú tranquila, hija, que el mundo no se acaba en el comedor de mi casa, y además esto pasará, ya verás como pasará.

Oliva se irá agradecida, pensando que en todo Castrollano, no, en todo el país no hay otra mujer tan buena como Carmina Dueñas y que ojalá el mundo entero fuese así y no como aquel hijo suyo puñetero, tanto luchar para educarlo como a una persona decente y fue a salirle violento y sin corazón, vaya fracaso de madre, vaya fracaso de vida...

Pero las otras volverán, poco a poco, cada una con

su propia historia, la del hijo muerto en el frente, la de la nieta reventada por una bomba, la del hermano huido no se sabe a dónde. Hablarán de esas cosas, y de la gran marea de ayer, y de las obras de reconstrucción que empiezan aquí y allá, y de lo difícil que es encontrar unos zapatos bonitos, y del hambre, y de lo pesado que está el marido, venga a decir que se quiere morir pero no se muere, y de la prima de la vecina de la esquina que se ha liado con un militar casado que le ha puesto un piso, y, por cierto, de lo horroroso que es ese Franco que parece un eunuco y seguro que lo es... Hablarán de mil cosas tontas, mientras a sus pies, en los castaños de Indias del parque, se vayan abriendo los grandes ramos de flores blancas. Se coserán la ropa avejentada. Se arreglarán el pelo las unas a las otras. Habrá de nuevo partidas de cartas y risas desaforadas. Pero cada una de ellas llegará y se irá siempre con el dolor, que va dejando a su paso una estela negra y disonante, perfectamente identificable alrededor de los cuerpos que en aquel tiempo caminan por la ciudad, cuerpos baldados del trabajo, cuerpos mustios de desamor, cuerpos exhaustos del hambre, cuerpos mutilados por las armas, cuerpos ateridos del frío, cuerpos mancillados en la prostitución, pobres, tristes cuerpos de los tristes y pobres seres derrotados que, a pesar de todo, anhelan vivir.

LOS AMORES DE FEDA

—

Apenas son las nueve de la mañana del día siguiente cuando Feda, bañada ya y arreglada con su mejor vestido, sale de casa de Carmina camino de Torió. Casi no ha dormido en toda la noche, a pesar del cansancio del largo viaje y las sorpresas tan duras de la tarde anterior. La excitación de volver a encontrarse con Simón la ha mantenido en vela. Sin embargo, camina ligera, casi corriendo. No tiene ni un céntimo y no se ha atrevido a pedirlo, así que debe recorrer a pie los tres o cuatro kilómetros que la separan de la casa, más allá de la playa. La última vez que estuvo allí, hace ya tres años, viajó en cambio en el tranvía que llegaba hasta el puente del Gabión. Era el mismo día en que Miguel había rescatado a toda la familia por los tejados de la casa del Sacramento. Desde el comienzo de los tiroteos en el cuartel de Campoalto, casi una semana atrás, no había visto a Simón ni sabía nada de él, y ya no aguantaba más. Así que apenas llegados al piso del tío Joaquín, se escapó sin el permiso de su madre y se subió a aquel tranvía. Pero le pareció tan lento que, al final, decidió bajarse antes de la última parada y echó a correr.

Al llegar al gran caserón de la colina, el corazón le rebotaba en las sienes y en el estómago. Apenas tuvo fuerzas para llamar a la puerta, que abrió la muchacha, tan cejijunta y malencarada como la propia doña Pía. Ni siquiera la saludó, aunque su grito resonó en la casa inmensa y silenciosa:

—¡Señoraaaa!

Después se quedó callada, firme en el umbral de la puerta, como taponándolo para evitar cualquier intento de atravesarlo. Feda temió desmayarse al tener que enfrentarse por primera vez ella sola a la madre de Simón, que llegó caminando despacio, vestida como siempre de negro, con su collar de perlas brillantes alrededor del alto cuello de encaje y el pelo recogido en la nuca, tieso y duro igual que un casco. Le pareció aún más alta, más adusta e imponente que otras veces. Su timidísimo buenas tardes ni siquiera se oyó. Doña Pía no se molestó en responder.

—Simón se ha ido —le soltó sin más ni más, con su voz grave como la de un hombre—. Está con el ejército de Franco. Así que ahora ya puedes ir olvidándote de él definitivamente, porque ya no volverás a tenerlo. De eso me ocupo yo. Prefiero verlo muerto antes que liado con la hija de un socialista pobretón, entérate de una vez por todas.

Y con un leve gesto de sus cejas ordenó a la muchacha que cerrase la puerta. Feda se puso a llorar a gritos allí mismo, siguió llorando mientras trastabillaba camino de la parada del tranvía y en el propio tranvía —donde un chico muy atento, al que ella ni siquiera miró, le ofreció su pañuelo limpio—, y llegó llorando a casa del tío Joaquín. Después de regañarla por su escapada y por el susto que les había dado —aunque en realidad todos suponían que había ido adonde había ido—, Letrita no supo qué decir para consolarla. Si le seguía la corriente y se lamentaba con ella de aquel amor contrariado por la ceguera de doña Pía, si la abrazaba y le aseguraba entender su pena por la desaparición del novio, los llantos redoblaban, inconsolables. Pero cuando al fin se cansó del lloriqueo y, mientras la obligaba a tomarse una tila, empezó a decirle que tampoco era para tanto, que al fin y al cabo Simón no era más que un señorito fresco y maleducado, que todos veían venir su abandono, con guerra o sin guerra y que no debía empeñarse en aquel amorío absurdo sino abrir los ojos a otros chicos mucho mejores que él, los llantos se convirtieron en gritos histéricos. Fue preciso que interviniera Alegría que, con su dulzura habitual, logró calmar poco a poco a Feda y acostarla después de darle una copita de anís, aunque tuvo que esperar luego a que se durmiese sujetándole la mano.

Desde aquel día, Feda parecía, como decía su madre, la sombra de un suspiro. A su habitual tendencia a las melancolías y los sobresaltos permanentes, se unía ahora una exagerada laxitud física. En silencio, ella misma achacaba aquel desmadejamiento a la interrupción de sus encuentros amorosos con Simón, en el pisito que él había alquilado frente a la playa, y que la vigorizaban mucho más que cualquiera de los tónicos que María Luisa se empeñaba en hacerle tragar para combatir sus frecuentes malestares. Ciertamente, estaba destrozada. En las amargas noches en vela le daba por pensar que nunca más iba a verlo. Simón siempre se había resistido a la más que evidente hostilidad hacia ella de su madre. Pero ahora que estaba lejos y que las cosas se habían puesto tan feas, con aquella guerra que parecía enfrentar personalmente a las dos familias, lo más probable es que acabase por acatar la voluntad materna y la abandonara. Aunque también era posible que muriese en combate, desangrándose, mutilado, ciego... De tener que elegir entre una de aquellas dos perspectivas, Feda no habría sabido con cuál quedarse. Fuera como fuese, el futuro sin Simón se le antojaba un infierno, en el que se veía ya a sí misma solterona y definitivamente casta, vestida de negro como doña Pía y renunciando incluso a la barra de labios rosa fuerte y a la colonia de lavanda, dos aditamentos sin los cuales nunca salía de casa desde que había cumplido los diecisiete años.

Durante algún tiempo esperó una carta de despedida que jamás llegó. Al cabo de unos días, angustiada por la falta de noticias, empezó a buscarlas entre las amigas de Simón, a las que abordaba en la calle o en los cafés y a las que llegó a acechar a la puerta de sus propias casas. Así logró ir sabiendo a lo largo de los meses que estaba bien y que se portaba como un héroe, pero también que no había vuelto a mencionarla. Sin duda alguna, aquello hubiera desanimado a cualquier chica menos terca o enamorada que ella. A Feda no. Feda era tímida y hasta miedosa, pero no aceptaba fácilmente una negativa, al menos en los asuntos que para ella eran importantes. En esos momentos, y ya desde pequeña, le crecía por dentro como una fuerza, unas ganas tan irresistibles de hacer su santa voluntad que ella misma se sentía transfigurada, convertida en otra Feda mucho más valiente y segura de sí misma. E irresistible. Y ahora, una vez superado el desengaño de los primeros días, esa Feda intrépida había vuelto a nacer en su interior, y se negaba a admitir el abandono. De hecho, muchas noches, cuando estaba a punto de dormirse, le parecía que llegaba Simón y que la besaba y la abrazaba y le mordía los pechos y los muslos y se metía dentro de ella. Estaba convencida de que, en ese mismo momento, él la deseaba, soñaba con ella, la tomaba con su imaginación, en solitario. Siempre queriéndola.

Así fue pasando el tiempo. Hasta que llegó el mes de octubre del año 37, tan desapacible como no se recordaba desde hacía mucho, un octubre de lluvias intensas y vientos furiosos que tronaban por las calles, desgajando árboles, arrancando postigos y tejas y levantando en la mar olas gigantescas. Y en medio de aquel destrozo como del fin del mundo, hasta los más optimistas tuvieron que reconocer que Castrollano estaba a punto de caer en manos de Franco. Desde el comienzo de la guerra, el ejército fascista había estado más atento a otros frentes vitales. Pero en ese momento, y rendidas ya las ciudades del entorno, avanzaba victorioso y se preparaba en las cercanías para el asalto final.

Durante casi dos meses, Castrollano fue bombardeado sin tregua, hasta dos y tres veces diarias. Sobrecogidos de miedo, muertos de hambre y de impotencia, muchos trataban de fingir, sin embargo, una normalidad inexistente, y salían a las calles jugándose el pellejo aunque no les fuera preciso, sólo para dar un paseo o tomarse un café, como si con sus gestos cotidianos pudieran evitar lo que terminaba por ocurrir, el momento angustioso de las sirenas, las carreras hacia los refugios más cercanos sin dejar de atisbar el cielo ni de calcular, por el estruendo de los motores, la cercanía de los bombarderos, una ciudad entera tratando de protegerse, hombretones como murallas corriendo pálidos, madres atentas en medio del terror a proteger del frío los oídos y las bocas de sus hijos, ancianas arrastrándose a pasitos —luchando todavía por librar la vida ya escasa—, niños paralizados por el pánico. Después llegaba la destrucción, la muerte. Una vez y otra y otra.

Letrita sabía por la prensa que la represión contra los republicanos en las ciudades tomadas estaba siendo cruenta. Se hablaba de ejecuciones en masa, de encarcelamientos multitudinarios, de delaciones insospechadas. Ahora que ya no creía en casi nada, estaba segura de que tales atrocidades no eran exclusivas del bando enemigo. Pero también daba por supuesto que su familia sería perseguida y castigada. Publio al menos, que tanto había luchado por sus convicciones. Su nombre era de sobra conocido como para que cualquiera pudiera denunciarlo, por venganza, por ambición, tal vez por puro miedo. No podía soportar la idea de verlo morir asesinado o de que terminara sus días encerrado en una cárcel. Quizá ése fuera el final de los héroes, de los auténticos resistentes. Quizá, si él hubiera podido decidir, habría querido acabar así, defendiendo con toda la dignidad posible aquello en lo que siempre había creído. Muriendo por ello si era necesario. Pero Publio ahora no decidía nada, ni comprendía nada ni, tal vez, recordaba ya nada. Y ella no iba a sentarse a esperar a que viniesen por él. Tenía que intentar salir de allí como fuese.

Desde principios de octubre, mucha gente desesperada estaba huyendo en barco. A diario había pesqueros y navíos de carga que zarpaban hacia los puertos franceses, desde donde los fugitivos eran repatriados por tren a la zona republicana, a Cataluña o al Levante. Se decía que la travesía era muy arriesgada. Además de las tempestades habituales en aquella época del año en el golfo de Vizcaya, los rumores, probablemente ciertos, hablaban de que los buques de la Marina golpista controlaban la costa y detenían a todos los barcos sospechosos. Gracias al teléfono, se sabía de algunos que habían logrado llegar a Francia. Pero de otros muchos no había noticias. Quizá estaban muertos, ahogados en el fondo del mar, o, aún peor, presos en algún puerto, o fusilados. A pesar de todo, a Letrita le parecía más arriesgado quedarse.

A mediados de mes —al día siguiente de un bombardeo aún más violento que de costumbre, que arrasó los depósitos de agua y buena parte del barrio de pescadores y dejó un número incontable de muertos—, reunió a la familia y les comunicó su decisión: gracias a las buenas relaciones de Publio, había conseguido salvoconductos para todos. Siete salvoconductos —y tres más para Merceditas y los hijos de Miguel— que les permitirían irse de inmediato. Si es que estaban de acuerdo. Esa misma noche se dirigirían al puerto y saldrían en el primer barco que los aceptase a bordo. Luego, si la situación en el Mediterráneo seguía igual, regresarían a España a través de la frontera de Port Bou. Por la mañana había sacado del banco todos los ahorros. No eran una fortuna, pero administrándose bien, les darían lo suficiente para vivir algún tiempo.

Alegría aceptó sin dudarlo. Desde el comienzo de la guerra había participado con entusiasmo en las actividades de algunos grupos de mujeres, repartiendo propaganda antifascista por las calles y trabajando en el cuidado de los niños de los barrios obreros, más menesterosos que nunca. Estaba segura de que cuando entrasen los golpistas en la ciudad ella pagaría por eso. Ir a la cárcel —no quería pensar en la posibilidad de morir— no le importaba tanto por sí misma como por Mercedes, porque tal vez no quedaría nadie que pudiese cuidar de ella. Además, no deseaba separarse de sus padres. Así pues, sólo tardó unos segundos en decidirse a huir.

El tío Joaquín, por supuesto, dijo que no. A grandes voces, hizo saber que no iba a permitir que pudiesen con él esos cabrones de curas que ya le habían dejado sin casa y ahora pretendían dejarle además sin calles y sin mar y sin tertulia. Que lo mataran si tenían huevos, pero él no estaba dispuesto a renunciar a su vida de siempre. También Margarita, que se no se veía viviendo en ningún otro lugar, decidió quedarse con sus hijos. Y Carmina, que rechazó la propuesta toda llorosa a causa de su proverbial miedo a alejarse de Castrollano. Pero Letrita contaba con esas tres negativas. La sorpresa llegó cuando Feda, sin atreverse a mirarla, afirmó que quería quedarse para cuidar del tío. Aunque no se lo esperaba, su madre ni se inmutó.

—Ya —dijo, clavándole los ojos—. ¿Qué pasa, que tienes miedo de que si te vas no vuelva a encontrarte el calzonazos de Simón?

Feda enrojeció. Desde que Letrita había empezado a hablar, haciéndoles aquella propuesta sorprendente, había calculado rápidamente las consecuencias de su marcha. Huir significaría no recibir nunca más noticias de Simón. Ya no sabría si estaba vivo o muerto, y esa angustia se la comería, no tenía ninguna duda. Prefería mil veces quedarse sola en la ciudad, lejos de su familia, antes que separarse de todo lo que aún la unía a su novio. Sin embargo, Letrita había decidido no consentirle más caprichos a aquella hija tan mimada. La culpa la tenía ella, por haberle permitido tantas tonterías con el cuento de que era la más pequeña, pero ahora no tenía tiempo para lamentarse de sus errores.

—Me da igual tu opinión, Feda. Vendrás con nosotros, lo quieras o no. Y si se te ocurre escaparte o algo así, te juro que desde ese momento dejarás de ser mi hija. Ya lo sabes.

Feda se tomó en serio la amenaza materna. Suspirando, aunque sin atreverse a decir ni una palabra más, metió su escaso equipaje en la maleta que compartiría con Alegría y Merceditas. Y, ya anochecido, dijo adiós toda llorosa a Carmina y al tío Joaquín —quien, intuyendo tal vez el ya cercano estallido de su viejo corazón, se despidió de ellos como si se fueran a merendar, agitando el bastón en el aire y gruñendo un hala, hasta luego que, sin embargo, apenas se oyó a pesar de su potente voz— y salió junto con el resto de su familia hacia el puerto.

La gente se agolpaba en los muelles, esperando poder subir a bordo de alguno de los barcos dispuestos a partir. Sin embargo, a pesar del miedo y el ansia por irse lo antes posible, apenas se oían voces. Se aguardaba en silencio, rumiando sin duda por dentro la amargura de una despedida como aquélla, pero sin ánimo ya para manifestarla. Sólo el ronquido de los motores, mientras los navíos zarpaban despacio, atravesando el puerto temblorosos y solemnes, rompía la calma. Cada partida era observada con desazón por los que aún esperaban, que miraban alejarse en la oscuridad a los otros, los que ya no tenían vuelta atrás, irremediablemente condenados a atravesar aquel mar tan enorme y desconocido. Hubo quien, después de comprender la tristeza de los que se iban, renunció a sus planes de fuga y regresó a casa, dispuesto a enfrentarse a la incertidumbre y quizá a la propia muerte, protegido por el mismo espacio, la misma luz, las mismas gentes, las mismas palabras, las mismas y de pronto tan queridas cosas de toda la vida.

Pero los Vega se quedaron. Y al cabo de tres o cuatro horas pudieron embarcar en el *Don Quijote*, un pesquero de buen tamaño y ágil, de brillante casco rojo sobre el que ondeaba, casi invisible en la noche, la bandera tricolor. No había patrón. Al mando iba un marinero viejo, con la cara marcada por cada una de las tempestades a las que había sobrevivido. A bordo, medio centenar de almas, algún dirigente político, varios guardias de Asalto, una docena de milicianos, un grupo de hombres heridos y cuatro o cinco familias, mujeres y viejos temblorosos y niños asustados.

Al amanecer, el *Don Quijote* zarpó, ruidoso y lento. Arrumbó hacia la bocana del puerto, enderrotó luego al Nordeste, arrió por prudencia la bandera republicana y se hizo a la mar. El sol se había alzado ya en el cielo, extrañamente azul aquella mañana, y parecía cubrir de oro las calles arrasadas de Castrollano, que flotaba en la lejanía, leve y centelleante, como una ciudad habitada por hadas. A su alrededor se extendían las colinas verdes, las pequeñas siluetas suaves de los árboles, los ríos que abrían tranquilos surcos violáceos hacia el mar. Y a lo lejos, apenas visibles en la distancia, las miradas más capaces aún alcanzaban a distinguir las cumbres nevadas, blanquísimas e imbatibles. Si alguien lloró, lo hizo en silencio. Si a alguien se le partió el corazón, no dijo nada.

Apenas hubo tiempo para las nostalgias. Enseguida sonó, amortiguado pero inconfundible, el bramido de las máquinas asesinas, y una lluvia de fuego cayó largamente sobre el puerto. El espectáculo de la destrucción, a la que habían escapado por minutos y de la que sin duda estaban siendo víctimas muchos de los que aún quedaban allí, sobrecogió los ánimos. Sin embargo, lo peor estaba aún por venir. Todavía se veían las llamas ardiendo en los muelles, cuando se avistó un barco. Parecía otro pesquero inofensivo, pero la bandera monárquica y las ametralladoras ostentosas sobre el puente no dejaban lugar a dudas. Debía de tratarse de uno de los navíos de la Marina de Franco. Los refugiados corrieron a esconderse en la bodega, salvo dos de los guardias de Asalto, los más serenos, que permanecieron en cubierta. Pronto sonaron órdenes amenazadoras, y los motores del *Don Quijote* se detuvieron. El barco cabeceaba ahora inerte. Después de un tiempo eterno, uno de los guardias bajó para avisar con palabras entrecortadas que el bou artillado mandaba poner rumbo a Puentesala, en poder ya de los fascistas. Por primera vez, se oyeron en voz alta sollozos, cagamentos, blasfemias. Letrita echó un vistazo a los suyos. Feda tenía los ojos cerrados. Alegría abrazaba a la niña y trataba de quitar importancia a todo aquello. Publio, el pobre Publio viejo e inocente, intentaba mantener el equilibrio con los pies abiertos y la ayuda del bastón, un poco pálido, como si estuviera mareándose, pero ajeno a todo. La miró y le sonrió, con la boca abierta, igual que un niño. Hacía años que Letrita no creía en Dios. Sin embargo, en aquel momento se puso a rezar en silencio.

Alguien decidió que era absurdo seguir hacinados en la bodega. Al fin y al cabo, iban a detenerlos a todos en cuanto llegasen a Puentesala. Volvieron a cubierta. La luz los deslumbró unos segundos, aunque ya no era el sol intenso de antes, sino una claridad amarillenta y desfallecida. Una niebla pálida cubría ahora el horizonte e iba alzándose por el cielo, avanzando hacia los barcos parados en mitad del mar. A pocos metros de distancia, un par de hombres uniformados apuntaron firmemente las ametralladoras del bou contra el grupo demudado de fugitivos, y cinco o seis soldados los encañonaron con sus fusiles. Se oyó un grito: ¡Qué, comunistas! ¿Ya os cagasteis?, y luego carcajadas. Algunos respondieron, indignados. De pronto, uno de los milicianos se tiró al agua y empezó a nadar, alejándose de los pesqueros, tratando quizá de llegar a la costa. Sonó un disparo, y el cuerpo se volteó en el agua, se mantuvo boca arriba durante unos instantes, agitó convulsamente los brazos y luego se hundió, dejando una estela roja que pronto fue llevada por la corriente. Un largo jirón de niebla, ligero como una gasa, surgió entonces de la nada y envolvió por unos momentos al bou, difuminando el cañón de las armas y las caras jocosas de los marinos. Alguien gritó de nuevo, ¡Arrancad el motor de una puta vez, o seguimos disparando! Las máquinas roncaron. Los dos pesqueros pusieron rumbo hacia Puentesala, el bou artillado vigilando tan de cerca al *Don Quijote* que, de haber sido observados en la lejanía, habrían parecido un único navío deforme.

Quizá el tiempo se había detenido. La muerte aguardaba allí donde el mar se convirtiese en tierra. Nadie hablaba. Nadie se movía. Se habían terminado las razones. Pero silenciosa, muy despacio, la niebla fue creciendo alrededor de aquel barco ya fantasma, desenroscándose como una serpiente blanquecina, hasta que lo invadió todo. La mancha antes oscura del enemigo palideció, un poco más a cada minuto, y acabó disolviéndose entre las nubes, como si se la hubieran tragado. A bordo arreciaban los gritos, hijos de puta, ni os mováis, os vamos a matar a todos en cuanto esta puta niebla desaparezca, no se os ocurra intentar ninguna maniobra... No fue preciso decir nada. Bastaron las miradas y los gestos. El pesquero viró a toda marcha y navegó de nuevo hacia el Nordeste, dejando atrás las ráfagas de ametralladora que se perdieron impotentes en el mar, como las chinas inofensivas de un niño que juega. Sólo entonces estallaron los chillidos, los aplausos, las voces de alegría. Dos días después, en medio de una furiosa tempestad, sin combustible y a remolque de un colega francés, el *Don Quijote* entró en el puerto de La Rochelle.

Feda vivió todo aquello como si estuviera envuelta en su propia niebla, la travesía en el barco, el viaje en tren cruzando Francia, los días de refugio en Barcelona, el encuentro con María Luisa —que llevaba casi un año viviendo en Cataluña con la familia de Fernando—, el traslado más al sur y las primeras semanas en Noguera. Las últimas lágrimas las había vertido al salir de casa de Carmina. Luego se quedó sin ellas. Fue como si el alma se le adormeciera, y pasara por los sucesos y los lugares sonámbula. Incluso Simón había desaparecido de sus noches, y ella llegó a temer que estuviera muerto. Pero poco a poco, en medio de aquella vida que recuperaba lentamente la fuerza de la cotidianeidad, se fue despertando. Una mañana amaneció con uno de sus viejos dolores de estómago, y tuvo que estar a manzanilla hasta la noche. Al día siguiente se puso a llorar cuando María Luisa le echó una bronca por no ocuparse de nada.

Y al otro, por fin, Simón volvió para quererla. Entonces el alma de Feda se sacudió los últimos restos del sueño, bostezó, se estiró largamente y echó a andar como si tal cosa, con sus melancolías y sus miedos y sus buenos momentos, añorando siempre el regreso a Castrollano y a los brazos reales de Simón.

Ahora, después de aquel tiempo que parece toda una vida, los tres años más interminables que se pueda imaginar, está al fin allí de nuevo, tan cerca del caserón en la colina, muerta de ansiedad y sudorosa. Pero cuando llega a la verja y alcanza a ver la gran casa al fondo del paseo de tilos, el calor se convierte en escalofrío: todo está cerrado, las contraventanas, la puerta, la propia verja que ella sacude con incredulidad. Un hombre que siega en la finca de al lado se le acerca:

—¿Busca usted a los Seliña?

—Sí.

—Se han ido.

—¿Quiénes se han ido?

—Doña Pía y su hijo.

Está vivo. Simón está vivo. Se ha ido, pero vive, respira, aún la quiere...

—¿Está bien el hijo?

—Sí, muy bien. Hizo una guerra muy buena, y ahora creo que anda en algo del gobierno. Por eso se han ido.

—¿Sabe usted adónde?

—A Madrid, claro, a Madrid. Con los ministros y todo eso.

—Gracias, muchas gracias, señor.

Feda regresa hacia la playa despacio, ensimismada, demasiado feliz para fijarse en nada que no sea su propia felicidad, Simón está vivo, Simón todavía me quiere, Simón está vivo... Al llegar al puente del Gabión, salta desde las rocas a la arena y camina junto al mar que, a veces, llega hasta sus pies y le moja los zapatos polvorientos, dejándole manchas blanquecinas de salitre. Pero ella ni se da cuenta. Al final de la playa, más allá de la iglesia de San Pedro, se extienden las ruinas del Club Náutico, bombardeado un amanecer. Varios grupos de niños juegan entre ellas, trepando a las montañas de escombros y saltando al fondo reventado y mugriento de la piscina. Vistas así, de lejos, bajo el solecillo templado de aquel comienzo del verano, a Feda no le parecen los restos dolientes de un pasado perdido ya para siempre, sino el proyecto de algo que habrá de llegar a ser esplendoroso. Allí conoció a Simón, un día del año 35, cuando su amiga Rosa Dindurra se empeñó en que la acompañara a la piscina. Ella se resistía, muerta de vergüenza, no tenía ropa adecuada, no estaba acostumbrada a tratar con gente así, de tanto dinero y tanto postín, pero Rosa le dejó un traje de baño precioso y acabó por convencerla.

Fue ella misma quien le presentó a Simón aquella mañana, y él, como si fuera un caballero en un salón de alto rango y no un muchacho en bañador saludando a una chica, se inclinó ceremoniosamente para besarle la mano, haciéndola sonrojarse y reír. A la semana siguiente, en la primera fiesta del Club a la que asistió, la sacó a bailar varias veces seguidas. Feda notaba a través de su vestido y en su propia mano el sudor de las manos de él, y la forma temblorosa con que la miraba. Esa misma noche la acompañó a casa, después de dejar antes a Rosa en la suya, y al llegar al portal la besó y empezó a acariciarle la espalda y luego le puso las manos en la garganta y las bajó por dentro del escote hasta sus pechos. En aquel momento Feda comprendió lo que significaba la palabra placer. Sólo unos días más, y ya se creería también sabia en amor.

Rosa Dindurra, eso es... Quizá haya regresado ya de Francia. La guerra la pilló allí, de vacaciones con sus padres. Cuando Feda y su familia abandonaron Castrollano en el 37, la casa de los Dindurra seguía cerrada y no se sabía nada de ellos. Pero lo más probable es que ahora estén de vuelta. Feda corre, quiere llegar cuanto antes a la calle de la Muralla, piensa que a través de Rosa podrá encontrar a Simón en Madrid, y además acaba de darse cuenta de todo lo que ha añorado a su amiga en estos años. Los pies se le enredan en los socavones que las bombas y el abandono han dejado por todas partes, y un par de veces está a punto de caer. Pero al fin consigue pararse intacta ante la puerta del piso, donde llama con repentina timidez. Una muchacha vestida de uniforme, exactamente igual que en los viejos tiempos, abre la puerta y saluda. A Feda casi no le sale la voz del sofocón.

—Buenas. ¿Está la señorita Rosa?

—¿De parte de quién?

—Soy Feda. Federica Vega.

El abrazo y los besos duran largos minutos. Rosa está preciosa. Ha pasado toda la guerra en París, y no ha conocido ni el hambre ni el miedo. Su padre, que regresó en cuanto pudo para unirse a los de Franco, ha tenido mucha suerte en los negocios y las cosas le han ido muy bien. A ella, en cambio, la sorprende el aspecto desastrado de Feda. Está pálida y flaca, y el feo vestido oscuro la hace parecer mucho mayor de lo que es. Pero no dice nada. Aunque vive entre algodones, tiene ojos para ver lo que sucede, toda la destrucción y la miseria que asolaron Castrollano y siguen instalándose lentamente a su alrededor, como si la ciudad entera hubiera sido víctima de una peste atroz, cuyas inevitables consecuencias aún perduran.

La charla es rápida, casi a gritos, interrumpida una y otra vez para cambiar de tema o volver al asunto anterior. Se dan las noticias con brevedad, dispuestas a no olvidarse de nada en aquellos primeros momentos, la vida en París era genial, tengo un novio francés y a lo mejor me caso y me voy a vivir allí, es ingeniero, mi padre murió y también mi hermano Miguel, no tenemos nada, el marido de María Luisa está en la cárcel, no sé qué vamos a hacer, pero ya nos arreglaremos... Rosa compadece a su amiga. La vida es injusta, piensa para sus adentros. Feda, tan guapa, tan buena, tan simpática, no se merece todo eso. Va a intentar ayudarla en lo que esté a su alcance, le regalará vestidos, le pedirá a su padre que le dé trabajo, pero, ¿qué más puede hacer? No es ella quien ha decidido que el mundo sea así, es así porque es así, ya está, y no es posible hacer nada por cambiarlo, sólo intentar ayudar a los que lo necesiten, ella va a empezar a ir con su madre al hospicio, dicen que está lleno de niños huérfanos y abandonados, ha muerto tanta gente en la guerra o se han ido, y los pobres niños necesitan que los cuiden, ella quiere hacerlo, quiere ayudar, no puede cambiar el mundo pero sí, por lo menos, echar una manita...

—¿Sabes algo de Simón?

La pregunta de Feda la sorprende.

—Pues... no, la verdad es que no. ¿Tú tampoco?

—No, bueno, sí, algo. Se fue con el ejército de Franco. Y hoy me han dicho que está en Madrid con su madre. ¿De verdad que no sabes nada?

—De verdad que no, Fedita. Sólo hace quince

días que llegamos, y casi no he salido. Además, ¿a dónde? Está todo destrozado, el Club Náutico, y todo... Pero me enteraré, claro que me enteraré, no te preocupes.

Un par de días después, Rosa aparecerá en casa de Carmina Dueñas. Saludará, cariñosa, a todo el mundo y luego se encerrará con Feda, toda nerviosa, en una habitación.

—Tengo noticias. Es verdad que está en Madrid, con un cargo, en Justicia, creo.

—¿Me has conseguido la dirección?

—No exactamente... Bueno, sí, me la han dado, pero me han hecho jurar que no te la pasaría. —La cara de Feda languidecerá—. No te preocupes, Fedita, le he escrito yo por ti. Le he mandado una carta felicitándolo por lo de su nombramiento y, de paso, le he contado que te había visto y que se te había muerto tu padre y que, por favor, te escribiera aquí.

Feda se comerá a besos a su amiga. Durante un rato hablarán del futuro, se preguntarán cuánto tardará en llegar su carta, y qué le dirá, y cómo podría ella viajar a Madrid si Simón se lo propone... Luego, Rosa la mirará de pronto muy seria:

—También tengo que decirte otra cosa que no te va a gustar mucho.

—¿De Simón?

—No, de Simón no, de mí. Verás... es que mi madre me ha dicho que es mejor que no nos veamos como antes, porque papá no quiere. Como ahora sois... rojas, ya sabes. ¡No te enfades conmigo, Fedita, por favor! No vamos a dejar de ser amigas, no es eso, es sólo que ya no puedo llevarte a las fiestas y cosas así. Bueno, cuando las vuelva a haber. Pero podemos seguir viéndonos aquí, o salir a dar un paseo por la playa...

Feda se sentirá como si le estuvieran clavando alfileres en el corazón, un montón de alfileres pequeños y muy agudos, igual que los del acerico rojo de Carmina. Otra vez, lo mismo que doña Pía, lo mismo que la dueña de la tienda de Noguera que se negó a venderles nada en cuanto la guerra terminó, lo mismo que el hombre del tren, lo mismo que doña Petra, lo mismo que todos aquellos cerdos que se creen dueños del mundo porque han ganado, dueños de las vidas y de los sentimientos de los demás, qué razón tenía su padre cuando decía que en la derecha había muchas gentes peligrosas, gentes que jamás darían una oportunidad a los demás, gentes que iban a misa todos los domingos pero desconocían el significado de la palabra compasión, manoseada y hecha trizas por ellos mismos.

Y entonces le saldrá de dentro un ramalazo de orgullo, la feroz dignidad de los perdedores que se saben, sin embargo, seguros de su razón. No derramará ni una lágrima, no hará un mal gesto. Se pondrá en pie, casi sonriente, y dirá con calma:

—Pues yo no quiero volver a verte, ni aquí ni en ningún sitio. Adiós, Rosa, que disfrutes de tus fiestas de fascistas.

—Feda, por Dios, tú sabes que yo no pienso nada malo de ti, ni mi padre tampoco, si él te quiere mucho, es que las cosas ahora son así, qué vamos a hacer nosotros...

Pero estará hablando en vano, porque Feda ya habrá salido de la habitación y la habrá dejado sola. Rosa abandonará la casa con lágrimas en los ojos, sintiéndose profundamente incomprendida. No es para tanto, no es para tanto, se dirá a sí misma. Y su conciencia asentirá.

Un mes después, Feda recibirá una carta sin remite, pero con matasellos de Madrid. La abrirá temblorosa, rompiendo el sobre que se resiste a sus dedos.

Mi querida Feda:

A mí mismo me resulta extraño escribir ese nombre, después de tanto tiempo. Y, sin embargo, ¡cuántas veces lo habré susurrado en las noches después de los combates, Feda, Fedita, déjame besarte, déjame lamer tus pechos y tu sexo, déjame entrar en ti! Quería olvidarte, pero nunca lo logré. Te he deseado tanto todos estos años, que a veces llegué a pensar que eras lo único que me importaba en la vida, y a la mañana siguiente volvía al frente hecho una furia, porque sólo quería que la guerra terminase pronto para volver a estar a tu lado, amándote.

Pero las cosas han cambiado tanto, mi niña... Ahora, quizá ya lo sabes, tengo un cargo importante. He empezado una carrera política en la que estoy seguro llegaré lejos. Me gusta. Creo en esto. En las ideas por las que hemos hecho la guerra y en mí mismo. Tu amor y tu cuerpo me hacían sentirme vivo, pero he descubierto que no eran lo único. Así de claro te lo digo, Feda. Y no te me pongas a llorar.

Tienes que entender que ahora debo cuidar mucho las cosas. No puedo volver contigo. Eso sería cavar mi propia fosa. Aquí no se consienten veleidades. Así pues, me veo obligado a renunciar a ti. Duele, claro que duele. A veces pienso que voy a recordarte siempre, que cada vez que baile con otra, o que bese a otra o que me acueste con otra creeré que lo estoy haciendo contigo. Pero ésta es la vida, Fedita. Hay que elegir. Yo ya he hecho mi elección, y por muy dolorosa que sea, seguiré adelante. Y eso mismo es lo que tienes que hacer tú. Piensa en tu futuro, organízalo. Trata de alejarte todo lo que puedas de los tuyos. Te lo digo por tu propio bien: las cosas no van a ser fáciles para los que están marcados por sus ideas. A ti nunca te ha importado la política, y así es como debe ser. Pero mientras sigas pegada a tu madre y tus hermanas, los demás no pensarán eso de ti. Lucha por seguir tu propio camino, y no permitas que ellas te lo embarren. Empieza a ir a la iglesia. Que te vean allí todos los domingos. Busca apoyo en un confesor. E intenta encontrar un buen marido, un hombre como es debido que cuide de ti y te trate como a una reina. Eso es lo que mereces, mi Feda querida, y eso es lo que te desea con toda la nostalgia del mundo tu

SIMÓN

P.D.: Me he enterado de lo de tu padre y tu hermano, y te acompaño en el sentimiento. Puedo hacerte llegar algo de dinero si lo necesitas. Házmelo saber a través de Rosa Dindurra.

Impasible, callada, Feda se guardará la carta en el bolsillo de su chaqueta, caminará hasta la playa y se sentará sobre la arena húmeda, a los pies del Club Náutico. Durante las largas horas del atardecer se quedará allí, quieta y oscura, y verá apretarse las nubes sobre la colina del Paraíso, ennegrecerse el cielo, encresparse el mar, volar asustadas las gaviotas, llegar la lluvia, regresar los pequeños barcos de pesca hacia el muelle, abrirse luego a lo lejos, sobre la línea palpitante del horizonte, un gran espacio azul y luminoso, desparramarse los nubarrones, morirse el sol. En ese momento, las antiguas luces del Club Náutico se encenderán, como pequeñas candelas sobre las olas negras, y el sonido chillón y descarado de un foxtrot llenará el aire. Las sombras vacilantes de un hombre y una muchacha saldrán al balcón y bailarán apretadas, enredando las lenguas, sobándose. Luego se desvanecerán lentamente, ridículos, patéticos títeres de la imaginación. Feda sacará entonces la carta de su bolsillo y la romperá despacio en trozos cada vez más pequeños. Se pondrá en pie, se meterá en el agua y abrirá la mano. Los papelillos volarán por el aire e irán cayendo uno a uno al mar, miserables fragmentos de la nada, irrisorios restos de un pasado que tal vez ni siquiera existió. Después se dará la vuelta, con la cabeza muy alta, muy firme, y caminará de regreso a casa, empapada y rodeada de luz.

MIGUEL Y LA GUERRA

—

Después de reencontrarse con Rosa, Feda regresa a casa de Carmina sintiéndose tan feliz como no recuerda desde hace mucho. Ni siquiera las ruinas y la podredumbre, la devastación de la ciudad entera, hundida sobre sí misma, pueden con su alegría. Aún ignora que Rosa no se atreverá a mostrarse con ella en público, que Simón la rechazará por miedo a destruir su carrera recién comenzada. Ajena a esas decepciones que la esperan, siente que la vida empieza otra vez, que el negro agujero de los últimos años está a punto de desaparecer para siempre, que al fin regresa el tiempo de la luz, las ilusiones interrumpidas del pasado, como si su historia retomara el curso que debía haber seguido por su impulso natural y que la guerra sacó momentáneamente de su cauce. Volverá a ser la novia de Simón, piensa, aunque sea en la distancia. Buscará un trabajo para ayudar en casa hasta que sea el momento de la boda y se vaya a vivir con él a Madrid. Se hará vestidos nuevos, se comprará una barra de labios rosa fuerte en un estuche plateado y un frasquito de colonia de lavanda, aunque sea pequeño, y llegarán de nuevo las tardes dulces con su amiga, las de escaparates y callejeo y risas y baños y helados de turrón...

Cuando llama a la puerta de casa de Carmina, son casi las dos de la tarde. María Luisa está furiosa:

—¿Tú qué te crees, niña? Está bien que hayas ido a ver a tu novio, pero éstas no son horas de venir, con todo lo que hay que hacer.

Feda pone cara de burla.

—Vale, vale, Marialuisita, tienes razón, pero el amor es el amor, ¿o no?

A su hermana no le queda más remedio que echarse a reír. El comportamiento infantil de Feda la saca de sus casillas, pero a veces también logra enternecerla. Le pasa el brazo por los hombros.

—Venga, cuéntame, ¿lo has visto?

—No. Está en Madrid. ¡Pero está vivo, está vivo!

Aunque personalmente no siente ninguna simpatía por aquel niñato, María Luisa comprende la euforia de Feda.

—Me alegro mucho, Fedita, de verdad que sí. A ver si ahora todo se arregla, aunque...

—Ya sé lo que estás pensando, que me ha dejado, que ya no le intereso, pero te equivocas, ya verás cómo te equivocas.

—Ojalá. Sin embargo, más vale que te hagas a la idea de que las cosas no siempre salen como queremos. Y que si Simón se ha largado, hay otros muchos por ahí que se derretirán en cuanto los mire la chica más guapa de Castrollano.

Feda se sonríe como una niña halagada.

—¿De verdad que todavía te parezco guapa?

—Claro que sí, tonta. Guapísima. Ahora estamos todas cansadas, pero en cuanto nos recuperemos un poco, ya verás cómo volverán a hacer cola a la puerta de casa para salir contigo.

María Luisa sabe que está mintiendo, pero no quiere que Feda se desanime. Todavía a menudo sigue protegiéndola como cuando eran niñas y ella —que le saca casi cuatro años y siempre fue más valiente— la llevaba de la mano por las calles, le limpiaba las heridas si se caía en el parque o la defendía de las compañeras más brutas de la escuela. Pero también se siente aún responsable de controlarla y someterla a la disciplina familiar. Así que, pasado el momento de los mimos, vuelve a ponerse seria.

—Y ahora vete a ver a mamá y pídele disculpas. Llevamos esperándote toda la mañana para ir a casa de Miguel. Habrá que dejarlo para esta tarde, pero no puede ser que todo el mundo tenga que estar pendiente de ti, Feda. Ya está bien.

Después de una comida aún más frugal que la cena de la noche anterior, las mujeres de la familia

Vega salen para ir a visitar a la viuda de Miguel y a los niños, que probablemente seguirán viviendo en la casucha del barrio de pescadores. A Letrita aún le cuesta trabajo pensar en Margarita como la viuda de su hijo, pero se esfuerza en hacerlo, porque a él le hubiera gustado que fuera así. A decir verdad, aquella boda había sido una sorpresa de la que ella todavía no se ha recuperado del todo. Y no sólo por las características de la novia, sino también porque Miguel parecía ser uno de esos hombres con vocación de soltero. Cumplió los treinta sin haber tenido nunca una novia formal. Estaba demasiado ocupado con su trabajo de fotógrafo, su actividad en el partido comunista y las tertulias interminables del Ateneo Obrero. Siempre rebelde y radical, a los diecinueve años se fue del piso de la calle Sacramento para instalarse en un chamizo del barrio de pescadores con dos o tres camaradas. Su familia le resultaba, según les dijo, demasiado burguesa. Mucho mimo, mucho guisote, mucha cama blanda... Todo aquello debilitaba el cuerpo y el espíritu. Él se consideraba un soldado de la revolución que habría de llegar, y como tal quería vivir. Sin embargo, de vez en cuando aparecía a comer o a que alguien le echase una mano con su ropa mal planchada. Llegaba con cara de pocos amigos, como si estuviese enfadado consigo mismo por tener que rebajarse de aquel modo, pero en cuanto se sentaba a la mesa y empezaba a dar cuenta de los garbanzos con bacalao, la carne guisada o la sopa de pescado, se le pasaba el mal humor, se le encendían los ojos y empezaba a contar mil aventuras y chascarrillos que a todos les hacían partirse de risa. En el momento de irse, cuando Letrita lo abrazaba y le decía: vuelve pronto, hijo, ponía de nuevo su cara enfurruñada y contestaba: ¿yo?, ¿volver pronto yo a este nido de acomodaticios? ¡Ni lo sueñes, madre!, y después la besaba y se iba silbando escaleras abajo *La Internacional*, para que le oyese bien oído la casa entera.

Todavía adolescente, había entrado de ayudante de un viejo fotógrafo que le enseñó todo lo que sabía de su oficio y todo lo que sabía de política, que era mucho. Con él se hizo comunista y con él llegó a ser un experto en retratos. Manejaba como nadie en Castrollano el arte de hacer posar a los clientes, enmarcarlos en un decorado adecuado a su personalidad y obtener de ellos su mejor expresión. Y, en ese campo, curiosamente, la delicadeza era su dominio. Todo lo suave, lo pulcro, lo exquisito llamaba la atención de su ojo. Ante una mujer hermosa, vestida de sedas y terciopelos, o un viejo elegante con chistera y bastón, realmente se derretía. Pero lo que más le gustaba fotografiar era niñas, a ser posible de blanco, con grandes lazos. Las rodeaba de flores y gasas, y así componía aquellos retratos un tanto anticuados pero muy del agrado de la mayoría de la gente, que los encontraba, como solían decir, preciosos. A veces sus camaradas le preguntaban el porqué de ese gusto aburguesado y un poco victoriano y trataban de convencerle para que sacase su cámara a la calle y retratara a los obreros de las fábricas o los críos de los barrios miserables, pero él se negaba y defendía su arte. Estaba dispuesto a dárselo todo al partido y a la revolución, decía, su inteligencia, sus horas libres y su valor el día que hiciera falta, pero que nadie le pidiese que le entregase también su talento. Lo suyo era aquello, la recreación de la parte agradable de la vida, y ni se preguntaba las razones ni se las discutía a sí mismo.

Sin embargo, Miguel no llegó a enamorarse de ninguna de aquellas jóvenes lánguidas y elegantes que acudían a su estudio, a pesar de que hubo más de una que, atraída por su aspecto un tanto extravagante y su fama de revolucionario, subió una y otra vez las escaleras del viejo edificio con las excusas más absurdas y le dedicó miradas de intensa ternura. Pero él era poco dado a los amoríos. A decir verdad, las mujeres le interesaban más como objetos a retratar que como elementos provocadores de su deseo, poco vívido, o de sus sueños, centrados en asuntos que consideraba más trascendentes. Además, tenía muy claro que una cosa era el arte y otra la vida. Y en la vida, en la de verdad, quien acabó gustándole, aunque no se pudiera hablar de pasión ni mucho menos, fue una vecina del barrio de pescadores, guapa y dueña de un descaro proverbial. La chica no le hacía ningún caso, pero un día llamó a su puerta llorando. Estaba embarazada, no importaba de quién. El tipo no era su novio ni nada parecido, y no quería que se enterase. No sabía qué hacer. Una de sus amigas había muerto a causa de un aborto el año anterior, desangrada, y ella no se atrevía a pasar por eso. Además, le apetecía tener un hijo, le parecía una buena cosa. Pero también le daba miedo tenerlo sola, sin un hombre que la ayudase a criarlo. Estaba hecha un lío, y, no encontrando nadie con quien hablar de aquello, se le había ocurrido que él, que sabía tanto de todo, podría quizá aconsejarla.

Miguel sólo le dijo que lo pensara bien y que hiciese lo que realmente quisiera, sin sentirse obligada por nada ni por nadie. A Margarita le gustó tanto charlar con él aquella tarde, que desde entonces empezó a ir a buscarlo a menudo. Escuchaba impresionada los discursos de su nuevo amigo sobre el marxismo y la revolución. Muchas de aquellas cosas las había pensado ella siempre, aunque sin saberlo muy bien ni encontrarle las palabras adecuadas ni darse cuenta de que había otras personas que veían el mundo de la misma manera. Descubrir que no estaba sola la hacía sentirse exaltada y dispuesta a lo que fuera. Así que un día le dijo a Miguel que había decidido tener el niño, o la niña si es que niña era, para que se pareciese a él y pudiera hacer en el futuro la revolución. Miguel la abrazó muy fuerte, y luego puso la cabeza sobre su barriga, por ver si oía crecer a aquella criatura del porvenir.

Cuando el embarazo fue siendo visible y algunos hombres del barrio empezaron a mirar a Margarita con tanta burla como deseo, Miguel se la llevó una tarde de domingo a un merendero que había en Torió, donde un grupo de músicos tocaba pasodobles. Y allí, entre dos pasos de baile, le preguntó si se casaría con él. Margarita sólo quiso saber si estaba dispuesto a reconocer al niño aunque no fuera suyo, y él contestó que era hijo de la pobreza, y que eso le bastaba para considerarlo como propio. Entonces ella aceptó. Fue un compromiso un poco raro. No se besaron ni hablaron de amor, porque ni existía ni pretendían engañarse a sí mismos. En realidad, tampoco lo necesitaban. Era suficiente con el cariño y la protección mutua.

A los pocos días, Miguel apareció en casa de sus padres con Margarita y la presentó como su novia. También explicó que la criatura que esperaba no era suya, pero que eso daba igual. La sorpresa fue mayúscula, aunque Publio reaccionó en seguida: abrazó al chico, besó a la novia y trajo una botella de anís y otra de coñac para brindar por el acontecimiento, que parecía haberlo entusiasmado. Letrita disimuló cuanto pudo y fingió sumarse a las muestras de alegría, pero se sentía profundamente decepcionada. Ella siempre había deseado que su hijo se casara con una maestra o alguien así, una mujer inteligente y preparada con quien pudiese compartir sus inquietudes y sus afanes. Y aquella muchacha nada tenía que ver con sus deseos. Tal vez fuera buena persona, pero ignorante, muy ignorante. Su vocabulario de arriera y su tono de voz estentóreo le parecieron lamentables. Tampoco le gustó su aspecto: Margarita había intentado arreglarse para la ocasión ciñéndose la tripa y los pechos hinchados con un vestido feo y chillón, y se había recogido el pelo demasiado fino en un moño torpe que ya al llegar a la casa se mostraba desgreñado. Según la silenciosa opinión de Letrita, parecía una buscona. Y a saber si no estaría abusando de su hijo, que a pesar de tanta revolución era un inocente.

Sin embargo, se tragó el parecer y el chasco, para no aguar la fiesta. Por la noche, mientras pasaba su cotidiano ratito de soledad en el cuarto de baño, decidió que algo debía decirle a Publio. El ingenuo de su marido no parecía darse cuenta de todo aquello y estaba más contento que unas castañuelas, como si Miguel fuera a casarse con una poeta o una científica o, cuando menos, con una mujer de apariencia decente. Sentía una rabia tremenda, la colérica impotencia de la madre frustrada en sus sueños, y ganas le daban de salir dando un portazo y ponerse a gritarle que si era tonto o no tenía ojos en la cara o qué. Pero mientras hacía los reconfortantes gestos cotidianos, mientras se lavaba y se cepillaba el pelo y se limpiaba los dientes y se desvestía y se ponía su camisón, fue calmándose y creyó haber recuperado el buen juicio. Seguro que Publio tenía razón en alegrarse. Se estaba poniendo un poco exagerada con aquel asunto. Seguro que Margarita era una buena chica y que quería bien a Miguel y Miguel a ella, y al fin y al cabo su hijo no era una persona normal, tenía que reconocerlo, y siempre le daba por hacer cosas raras que, a la larga, le sentaban estupendamente bien. Ella también se había enfadado, y mucho, cuando se empeñó en irse a vivir a aquella casa en ruinas del barrio de pescadores, en medio de la miseria y la sordidez, y míralo, ahí estaba tan feliz, disfrutando de aquel lugar en el que cualquiera menos especial que él no se atrevería ni a poner los pies.

Acabó llegando a la conclusión de que no le gustaba Margarita y seguramente no le iba a gustar nunca, pero, a fin de cuentas, ¿quién era ella para juzgar a nadie? Si eso era lo que Miguel quería, tenía que alegrarse por él. Así que cuando al fin salió del baño y entró en la habitación, había decidido hacerle un único comentario a Publio:

—Qué bien que por fin ese hijo nuestro solitario y raro vaya a tener compañía —le dijo. Sin embargo, una vez pronunciadas esas palabras afables, no pudo evitar soltar una pulla—. Aunque, la verdad, esa chica necesita unas clases de modales y de gusto, ¿o no?

Publio se encogió de hombros:

—No sé, Letrita. No me he fijado en eso. Y si te digo la verdad, no me importa nada. Me parece que es una buena persona. Tranquila, valerosa y leal. Yo creo que con eso basta.

Letrita refunfuñó un poco, y siguió refunfuñando siempre, sin poder evitarlo, a pesar de que el tiempo le quitase la razón. Margarita y Miguel se llevaban extraordinariamente bien, y sabían cuidar el uno del otro. Ella era una compañera simpática y decidida, que aportaba un punto de realismo a la estrafalaria vida de su marido. Y él parecía más contento de lo que nunca lo habían visto. Cuando nació el niño, resultó incluso, por esas cosas raras de la vida, que se parecía a él. Quienes desconocían el asunto no hacían más que señalarlo, este Miguelín es igual que su papá, tan claro y de cara redonda y nariz importante, decían, y le daban la enhorabuena. Hasta Letrita, que aún no tenía nietos varones, lo aceptó como propio en cuanto lo vio y pareció olvidarse de la verdad. En cuanto a Miguel, lo menos que se podía decir es que babeaba con el crío, y se empeñó en tener otro en seguida con tal afán que el pequeño Publio nació sólo doce meses después que su hermano mayor.

Entretanto, seguían viviendo en el barrio de pescadores, aunque habían abandonado la vieja casucha compartida de Miguel por otra para ellos solos. No es que el dinero no les diese para algo mejor, pero a los dos les gustaba estar allí, con la gente de siempre, en aquellas callejas embarradas por las que correteaban los niños, se tambaleaban los borrachos, se pavoneaban las putas y los marineros, trajinaban dando voces las pescaderas y, a veces, hasta corría la sangre después de algún altercado a navajazos entre chulos o tripulaciones ebrias. Aquello era la vida de verdad, sostenía Miguel. Mucho más real, en su crudeza y su ternura, que la de los señoritos de los buenos pisos. Aunque fuese a ellos a quienes seguía retratando.

Margarita, que trabajaba con su madre en el puesto que tenían en la plaza del pescado, se llevaba a los críos con ella cada mañana. Miguelín y Publio crecían sucios, gritones y revoltosos, aunque sanos y espabilados. A Letrita le daba un poco de grima verlos con aquel aspecto y aquella ropa siempre rota, y a veces les regalaba pantalones o camisas. Pero cuando volvía a pasar por el mercado un par de semanas después, lo nuevo parecía ya viejísimo y, al regresar a casa, se quejaba con Publio:

—Desde luego, Margarita es muy buena, yo no digo que no, pero a esos nietos míos me los tiene hechos un asco.

Publio se encogía de hombros:

—¿Qué quieres, mujer? No van a andar de punta en blanco entre las sardinas, qué bobada. ¡Déjalos en paz, que así se crían muy bien! Lo importante es que sean buenas personas, y estoy seguro de que de eso se ocupará Miguel. Y su madre, también su madre. Así que tú, tranquila.

En cuanto se produjo el golpe de estado, Miguel se apuntó inmediatamente en la milicia, en la Columna Negra, la de los mineros, la que mandaba el luego legendario Quintín Arbes. Margarita no sólo no le puso ni un pero, sino que lo animó a que se fuera de soldado. Eso es tener huevos, le decía con su lenguaje sin prejuicios. ¡Hay que luchar contra esos cabrones, y mi hombre el primero, dando ejemplo!, repetía una y otra vez a quien quisiera escucharla. Lo despidió ardorosa en la estación, alzando su propio puño y el de los niños, y cantando a voz en grito *La Internacional*. Luego, al llegar a casa, lloró un poco, ella que no lloraba nunca, porque le dio por pensar en los peligros que iba a correr su marido. Sin embargo, se reanimó enseguida participando en todas las actividades de las mujeres comunistas. En las manifestaciones, en los mítines, en los desfiles exaltados de los milicianos que poco a poco iban agrupándose y partiendo a los frentes cada vez más numerosos y sangrientos, allí estaba siempre, con los críos colgados del cuello, Margarita la pescadera, como la llamaban las camaradas, tan deslenguada e inculta como inasequible al desaliento.

A punto estuvo incluso de irse ella misma a la guerra. Algunas otras mujeres ya se habían alistado, y a Margarita aquello le pareció una gran idea. Pensaba, aunque no supiese expresarlo así, que en ese momento su deber estaba fuera de casa, y creía, como Miguel, que tenían ante sí una gran oportunidad para hacer la revolución. Se sentía capaz de ir al frente, de empuñar un arma, de pasar necesidades, de matar si era preciso. Pero cuando se lo hizo saber a su madre, ésta, que había desarrollado a lo largo de los años un carácter tremendo, de viuda joven con muchos hijos y sin ningún apoyo, se lo impidió.

—Tú lárgate, lárgate si quieres, y a ver qué pasa con tus niños, porque no te creas que me voy a quedar yo aquí cuidándolos... ¡Pues no me faltaba más, a mis años! Ya os crié a ti y a tus hermanos y mira cómo me salisteis, que los otros ni se acuerdan de que existo y tú te piensas que soy tu sirvienta. ¿Pues sabes qué te digo? Que por mí, haz lo que quieras, pero a tus hijos los llevo yo al hospicio, vaya que si los llevo, así que ni se te ocurra largarte. ¡Dice que a la guerra! Será de puta, porque de otra cosa...

Los gritos se habían oído en todo el barrio. Al final, como de costumbre, Margarita se llevó un bofetón, y aunque maldiciendo, se sometió una vez más a las amenazas maternas, que siempre eran cumplidas, y tuvo que quedarse en Castrollano. Lo único que pudo hacer fue seguir participando en todos los actos, en primera fila y vociferando más que nadie.

Miguel, entretanto, escribía de vez en cuando. Se le notaba desanimado y escéptico, como si hubiera dejado de creer que la victoria estaría de su parte. En algunas cartas llegó a ponerse incluso sentimental, y les hablaba, a Margarita y a los niños, igual que si se fuera a morir. Sin embargo, los primeros días habían sido buenos, incluso felices. La guerra todavía parecía entonces cosa de poco, y era una buena excusa para cambiar el mundo. Con su columna de mineros, le había tocado ir a tomar el puerto de Sarres, donde una guarnición se había sublevado y se había hecho con el poder, fusilando al alcalde y a cuantos supuestos republicanos fueron denunciados por sus convecinos. Los milicianos se apostaron enfrente, en lo alto de la sierra del Ciella. Desde allí divisiban la villa al completo, el pequeño puerto en el que fondeaban los pesqueros, las casas de indianos con sus hermosos jardines, la colegiata en medio de las callejas tortuosas y, al lado, la vieja fortaleza reconvertida en cuartel, con los cañones que un día sirvieron para espantar franceses —herrumbrosos ahora e inútiles— asomándose al acantilado. Alrededor se extendían las manchas todavía lozanas de las aldeas, las huertas de cerezos y las pomaradas, los campos de maíz, los estrechos caminos embarrados por donde iban y venían despacio las vacas, adormiladas y dichosas, los prados sobre los que se levantaban, como pequeños monumentos rituales, los almiares que amarilleaban lentamente al sol. Y más allá, el mar. Por supuesto. La inmensa piel del mar que algunos milicianos del interior veían por vez primera y en la que inevitablemente se distraían las miradas, siguiendo los cambios de color debidos a la luz, el verde profundo, el azul cobalto, el violeta tostado, el pardo riguroso, de negrura casi semejante a la del carbón.

Aquello parecía más un campamento de montaña que una acción militar. En el pueblo, después de la violencia inicial, todo estaba tranquilo y en orden. Por lo que podían ver desde allá arriba, la gente seguía haciendo sus actividades cotidianas, como si no ocurriera nada. Los pesqueros salían al amanecer y regresaban a media tarde. A lo lejos se oía el ruido de los motores, y podía seguirse la estela blanca que iba marcando su rumbo lento. Las gentes acudían al trabajo, abrían las tiendas y los bares, se afanaban en los campos, cuidaban del ganado. Las mujeres hacían la compra y los niños jugaban en la calle o se bañaban en las playas cuando bajaba la marea. A las doce, sonaban las campanas de las iglesias tocando el ángelus. Y el domingo una enorme multitud acudió a misa de nueve a la colegiata, y luego siguió por las calles a un Nazareno bamboleante, al que precedían varios curas y un enjambre de monaguillos que vistos desde la sierra parecían pequeños insectos blancos y rojos. Debieron de cantar, porque cuando el viento soplaba favorable llegaban allá arriba ráfagas melódicas.

Los milicianos no sabían qué hacer. Pasaban los días y las noches y ellos esperaban a que ocurriera algo, una maniobra del enemigo, la llegada de un enlace con órdenes exactas. Ninguno era experto en las cosas de la guerra. Dos o tres, los más veteranos, habían estado en la de Marruecos, aunque no habían pasado de soldados, salvo Quintín Arbes, que llegó a cabo. Ahora rememoraban constantemente aquellos tiempos y presumían de sabiduría militar. Hablaban de estrategia, discutían acaloradamente, sin llegar a ninguna conclusión, los movimientos a realizar en los siguientes días y contaban una y otra vez hazañas increíbles, propias y ajenas, que sembraban el entusiasmo guerrero entre los compañeros. Algunos anhelaban entrar ya en combate, tomar Sarres y detener a los insurrectos. Luego —soñaban en voz alta— entregarían el gobierno al pueblo y harían la revolución y convertirían el lugar en un ejemplo para el resto del país. Otros, en cambio, los menos enardecidos, preferían pensar que todo estaba a punto de acabar, que seguramente los golpistas estarían ya rindiéndose por aquí y por allá y que pronto recibirían la orden de regresar a casa sin haber necesitado usar las armas. Miguel pertenecía al primer grupo. La revolución. Ése era su ideal, y ahora, por primera vez en la vida, iba a tener la oportunidad de realizarlo. A veces, cuando miraba el fusil en sus manos, le daba cierta aprensión. Pero entonces empezaba a pensar en todos los hijos de puta con cuyo poder aquella arma era capaz de acabar, y se sentía exultante y dispuesto a cualquier heroicidad.

La excesiva calma de la situación ya estaba poniéndolos a todos nerviosos cuando de improviso al quinto día, lunes, llegó el infierno. Aquella noche los milicianos habían dormido una vez más tranquilamente. Las guardias de dos hombres se hicieron como de costumbre por turnos y, como de costumbre, no hubo ningún sobresalto. A Miguel le tocó el último relevo. Tenía sueño. Echó un trago corto de aguardiente. Encendió un cigarro. La claridad del alba empezaba a extenderse por los aires, aunque el sol aún no había salido y una niebla ligera flotaba entre la sierra y el mar. De pronto, un coro de lechuzas rompió a ulular violentamente en los árboles de la parte baja del monte, y una pareja de ratoneros aleteó sobre su cabeza, chillando enfurecidos. Y justo entonces empezaron a llover las balas. Primero se oyó el ruido sordo de los tiros, que resonó haciendo eco, y unas décimas de segundo después algo le silbó en los oídos y los proyectiles empezaron a clavarse en la tierra y las piedras —haciendo saltar chispas y esquirlas— y en la misma carne de algunos milicianos. Hubo gritos de socorro, gritos de dolor, gritos de furia, y ahí fue cuando Quintín Arbes logró imponer su voz de mando por encima de todas las demás, dando comienzo a la leyenda que le acompañaría el resto de su vida, hasta que su cadáver apareciera un día devorado por las alimañas en mitad del Pico Siesgu, y la Guardia Civil lo reconociese como el famoso guerrillero que había tenido aterradas durante años a varias comarcas.

Siguiendo las órdenes de Quintín, corrieron todos entre las balas a refugiarse detrás de las rocas de la cresta, que formaban un parapeto natural. El tiroteo cesó. Se miraron. Dos hombres se habían quedado atrás, heridos, y se arrastraban monte arriba extendiendo la mano en busca de ayuda. Un disparo perdido le rebotó cerca a uno de ellos, que hundió la cabeza en la tierra y se quedó inmóvil. Quintín mandó a buscarlos, y dio instrucciones para que los dejaran a un lado, tumbados en el suelo. Entretanto, él y Pepo el Herrero inspeccionaban el terreno. Los soldados del ejército golpista estaban cerca, a media ladera del monte, protegidos por los árboles hasta los que habían logrado llegar en plena noche sin ser descubiertos. Ante ellos, entre el lindero del bosque y la cresta de la montaña, se extendía una pradera salpicada aquí y allá de arbustos bajos, y luego un pedregal desnudo. De seguir adelante sin más, caerían como moscas bajo las balas de los milicianos, que habían reaccionado con más rapidez de la prevista. La cosa se había puesto complicada, así que se mantenían quietos, pegados a los troncos, aunque los cañones de los fusiles siguieran apuntando hacia arriba, a la columna de pronto invisible.

En los primeros momentos, Quintín había mandado parar el fuego con el que algunos habían respondido al ataque por sorpresa. Era importante no desperdiciar las municiones y el tiempo. Ahora, al comprobar que tenía a la vista al enemigo, avisó de su situación a los hombres desconcertados y enseguida dio la orden de disparar. La escaramuza fue corta, aunque nadie de los que allí estuvieron habría sido capaz de decir cuánto duró. Quizá quince o veinte minutos, pero bien pudo haber sido una vida entera, o tal vez sólo unos segundos. Los milicianos, bien protegidos por su muralla caliza, atinaron, a pesar de la sorpresa del primer instante. El bosque en cambio no fue refugio suficiente para los sublevados. Cuando el capitán ordenó al fin retirarse, sobre los musgos y los helechos quedaron tendidos los cuerpos de varios de sus soldados. A otros se los llevaron como pudieron, a rastras, chorreando sangre, desgarrándoseles las ropas y la piel con las ramas caídas, las piedras, los matorrales.

Arriba se gritó durante unos instantes. Luego se hizo el silencio. En medio del pedregal, boca abajo, con los brazos abiertos sobre el suelo, Angelín el de Trelles todavía intentaba respirar. Era el más joven de la columna, un chaval de dieciséis años, grandote y desgarbado, que les había entretenido las veladas contándoles sus encuentros eróticos con una mujer casada, quince años mayor que él. Poseía una energía apabullante, que le irradiaba del cuerpo y aturdía a los demás. Miguel le había cogido mucho afecto. La noche anterior habían dormido el uno junto al otro. Angelín estuvo tomándole el pelo un buen rato por lo mucho que le gustaban aquellos libracos gordos como ladrillos que cargaba en la mochila y en los que a menudo se concentraba, alejado de los demás. Las personas eran mucho más interesantes que los libros, decía. Él prefería vivir antes que leer lo que habían vivido otros, emborracharse, follar, emigrar a América, hacer la guerra, y también abrazar a su madre cuando se iba a la cama. Ahí se quedó callado, quizá un poco triste, pero enseguida se durmió y en la penumbra de la noche su cara recobró el aire de inocencia de un adolescente. O eso le pareció a Miguel, que lo miró con atención un largo rato, mientras pensaba si realmente serían capaces de construir un mundo mejor para que vivieran en él los muchachos como ése. Durante la escaramuza, Angelín también había estado a su lado. Miguel le oía gritar todo el rato mientras disparaba. No decía nada, sólo soltaba chillidos inarticulados, como de animal furioso. De pronto, trepó al parapeto y se lanzó monte abajo, igual que un lobo hambriento contra un rebaño de ovejas. No pudo detenerlo. No le dio tiempo. Lo llamó a voces, pero él ya iba tambaleándose, y su fusil perdido rebotaba una y otra vez sobre las piedras.

Angelín estaba muerto cuando llegaron junto a él. No hubo manera de cavarle una tumba. No tenían con qué. Así que lo cargaron trabajosamente hasta la cresta y luego bajaron el cuerpo por el otro lado de la montaña. Lo dejaron lo más lejos que pudieron, entre unos matorrales que, de alguna manera, parecían servirle de sepulcro. Durante un par de días vieron a los buitres revolotear por encima sin descanso. Después no regresaron más.

Aquel amanecer Miguel aprendió muchas cosas que ya no olvidaría. Cuando le llegó la muerte un año más tarde, en el frente de Aragón, mientras intentaba instalar un cable de teléfono encaramado a un árbol del que se quedó colgando como un pájaro, aún no había sido capaz de comprender de dónde habían surgido aquellas certidumbres que se le habían metido dentro de la cabeza. Que la guerra era una monstruosidad. Que, de cualquier modo, iban a perderla. Y que él no sobreviviría a aquello. Quizá lo había visto en el rostro adolescente y muerto de Angelín el de Trelles, que por unos momentos, mientras lo contemplaba, le pareció el suyo propio.

LA HUIDA DE MARGARITA

—

El barrio de pescadores apesta. Huele a podrido, a orines, a viejo, a excrementos, a quemado. Si alguna vez aquél fue un lugar humano, la guerra le ha arrebatado esa condición. Ahora parece un escondrijo de seres repudiados. Las pocas casas que quedan en pie exhiben las heridas asquerosas de los bombardeos y la miseria. Hay niños escuálidos que juegan en el barro, cubiertos de pústulas. Hombres rondando las esquinas, desocupados, rabiosos. Y mujeres que maldicen, doblándose bajo el peso de los cubos de agua que han ido a buscar a la fuente de la plaza Vieja. En una calleja, las prostitutas exponen los cuerpos enflaquecidos. Se han pintarrajeado las caras. Se han teñido las melenas de amarillo, como pajas tiesas. Han remendado los vestidos que aún se empeñan en ceñirse sobre antiguas curvas ahora inexistentes. Un chulo engominado sacude a una de ellas, que llora intentando abrazarlo. Él le habla al oído, fríamente violento. Sobre su cabeza, la antigua insignia de Los Tres Ases —el famoso prostíbulo recordado con añoranza por los marineros de medio mundo durante las horas interminables de las travesías, cuando en el duermevela se les aparecía la imagen de sus rameras sobonas y alegres como cascabeles— se tambalea, despintado y mugriento. Dos viejos orondos salen del antro. Cuchichean y sonríen. Uno de ellos todavía va abrochándose la bragueta. Al ver a las mujeres de la familia Vega, esconde la cara, por si acaso.

Letrita aprieta los dientes de coraje, de lástima, también un poco de asco. Piensa que menos mal que Publio murió antes de llegar a ver todo esto, será ya eternamente así, se pregunta, eterna la miseria de los miserables, el mundo nunca podrá dejar de ser una porquería, qué dolor tantas vidas para nada. Feda camina cabizbaja, tratando de no constatar lo que la rodea, esa repugnante realidad contraria a sus sueños de cosas bonitas. Mercedes mira asombrada a un lado y a otro, no se acordaba de que el barrio del tío Miguel fuese tan feo y tan triste, qué pena todos esos niños desgraciados, y las niñas que la contemplan con envidia, igual que si fuera una princesa con su vestido viejo pero limpio y bien planchado, así como contempla ella a las otras niñas, a las que llevan trajes bordados y cintas y zapatos de charol muy brillantes. Alegría observa, se clava las uñas en la palma de la mano y guarda silencio. Sólo María Luisa, que recuerda sus años en la escuela de la calle de los Gatos antes de irse a vivir a Madrid, descarga la ira que no puede contener. ¡Me cago en todos los hijos de puta de los fascistas!, se la oye gritar a voz en cuello, y una multitud de ojos se vuelven hacia ella, escrutadores, asustados, algunos tal vez cómplices y, de pronto, durante un segundo, llenos de esperanza. Letrita se le acerca, la manda callar y la arrastra rápido hacia otra calle, tirándole del brazo, antes de que alguien vaya a buscar a la policía y las detengan. Pero nadie parece moverse. En el escondrijo de los repudiados, vuelven a imperar los señores de la larga derrota, la resignación, el desaliento, el silencio.

Bajo la luz gris de la tarde, la casa de Miguel y Margarita parece un muñón. Pringosa, arrugada, se le han caído la mayor parte de las tejas y desgajado los postigos y roto los cristales, que han sido reemplazados por papeles grasientos. Toda ella supura, temblequea, amenaza derrumbarse. Letrita desfallece. Ha estado quejándose de su suerte desde hace una eternidad, y mientras tanto ignoraba las desgracias de otros tan cercanos. En la calle alguien grita, ¡Pepa!, y la madre de Margarita se asoma a la puerta. Se ha convertido en una vieja flaca, de pelo blanco y revuelto, desdentada. Parece una loca. Letrita no tiene valor para besarla. Tampoco ella lo intenta. Se restriega las manos en la falda del vestido sucio y, como de costumbre, habla a gritos:

—¡Vaya! ¡Estáis aquí! Ya pensaba yo que no ibais a volver nunca más, como ésa.

—¿Qué tal estás, Pepa? —Letrita se deja llevar por el tono de la consuegra y alza la voz más de lo normal.

—Ya me ves, hecha un asco, cómo voy a estar... ¿Y vosotras?

—De vuelta en casa... Aunque sin Publio, que murió en abril.

—Ya... Pues te acompaño en el sentimiento, era un buen hombre, vaya si lo era.

—¿Y Margarita y los niños?

—¡No me hables de esa cabrona...! Ésa se largó, y me los dejó aquí a los dos, sin dinero y sin nada...

—¿Se largó...? ¿Adónde?

—Qué sé yo adónde, a ver si te crees que si lo supiera me hubiera quedado con los críos a mi cargo, los intenté dejar en el hospicio, pero dijeron que ni hablar, que no me los cogían, así que los mandé con su tía Esperanza, la mayor mía, que ésa por lo menos, con el marido en la fábrica, tiene para darles algo de comer, conmigo se iban a morir, te lo digo yo, estaban tan esqueléticos que daban miedo y cualquier día pillaban una enfermedad, hasta andaban a las basuras buscando mondas de patatas por morder algo, pero yo qué podía hacer, si ni agua tenemos, y esa guarra mientras tanto por el mundo, pasándoselo bien...

Letrita, que tantas veces ha criticado a su nuera, siente ahora compasión:

—¡Calla, mujer, no digas eso! Si se fue, sus razones tendría. Ya volverá. A no ser que... Igual se ha muerto, Pepa, igual resulta que tu hija se ha muerto y tú venga a insultarla.

—¡Qué se va a morir...! Ésa no se muere nunca, te lo digo yo que la parí. Que no, que se marcharon muchos de los de los vuestros, dicen por ahí que al monte o a Francia.

—Ya... ¿La buscaban?

—¡Cómo no la iban a buscar, si no hacía más que meterse en líos desde que se casó con ese hijo tuyo...! Mira yo, la vida entera trabajando y ahora más pobre que las ratas, y todo por culpa de esos chiflados que se empeñaron en cambiar lo que no tiene cambio, a ver quién me da a mí ahora de comer, y ellos en Francia, como señoritos...

Letrita no sabe cómo callar el discurso interminable de Pepa. Tiene que repetirle varias veces que les diga a los críos que quiere verlos:

—Que vayan a la calle del Agua, al 20, tercero. Nosotras tampoco tenemos nada de momento, pero haremos lo que se pueda. ¿Te acordarás de decírselo, Pepa?

Pepa asiente, cómo no se va a acordar, vuelve a

justificarse, sigue refunfuñando, y al fin se enzarza en una discusión a voces con una vecina por culpa de un trapo tendido, quizá sábana, que las dos reclaman como propio.

Caminan en silencio de vuelta a casa. Letrita no quiere llorar, pero no puede evitar pensar en el pobre Miguel, qué diría si supiese todo esto, él que se pasó la vida tan corta sufriendo por la miseria ajena y dando dinero a quien lo necesitase, él que murió precisamente por defender un mundo más justo, qué diría si viese su barrio y a su gente así, muertos de asco, y sus hijos, sin padre ni madre, menos mal que tienen a la tía Esperanza que es buena gente y seguro que los cuidará bien, y ellas, claro, ellas harán también lo que puedan, aunque de momento poco van a poder. ¿Dónde estará Margarita? Qué vidas, demonios, qué vidas tan arrastradas y qué tiempos tan malos y qué mierda todo, a veces dan ganas de morirse, igual Margarita se ha muerto ya, la pobre, y si está viva seguro que lo estará pasando fatal, ella sería un desastre pero quería mucho a los niños, si desapareció tuvo que ser por miedo, o quizá por algo más grave, quién sabe, pobres nietos suyos, y pobre Miguel, y pobre Margarita y pobres todos, pobres, pobres, más que pobres, a veces Letrita cree que no va a poder con tanta pena, con tanta compasión que le revienta el alma.

Margarita, entretanto, está en Madrid. Pobre, sí,

más pobre que las ratas. Y desdichada. Pero viva y libre. Se ha instalado en el Puente de Vallecas, en una chabola donde los primos de Emiliano les han hecho un hueco. Acaban de llegar, después de un año y medio viviendo por los montes y las anchas llanuras de la Meseta. Emiliano conoce bien el país, tiene amigos en todos los pueblos, sabe cuáles son los mejores caminos y también los más remotos y dónde hay agua y dónde se levanta una cuadra perdida para pasar la noche. Así han logrado sobrevivir y llegar al fin a la capital, evitando los frentes y los inesperados peligros de la guerra. Madrid es muy grande, decía Emiliano, allí nadie te reconocerá ni preguntará nada, allí estaremos seguros y podremos encontrar trabajo.

Margarita se siente ahora algo más tranquila, aquí sólo es una más en medio de esa riada de gentes que van llegando, hombres que vuelven del frente con el color de la sangre en los ojos, viudas que abandonan la miseria del pueblo por esta otra que, al menos, ofrece el consuelo del anonimato, seres sin nombre ni historia, como ella, que aprovechan los restos de las antiguas casuchas bombardeadas para levantar chabolas en las que pasarán los años del hambre. Nadie pregunta a nadie por qué está aquí o cómo llegó, y eso la calma. Sin embargo, a veces añora las noches serenas del monte, con el olor dulzón de la tierra y la luminosidad del cielo y también los ruidos de los árboles, el tintineo de la lluvia en las hojas, el zumbido del viento, los crujidos de la madera, el susurro de los insectos, el canto de los pájaros. La poderosa hermosura de la naturaleza, eso es lo que más echa de menos en medio de aquel secarral inmundo, aparte de la vida del pasado en la que no quiere pensar mucho, aparte de las amigas, el puesto en la pescadería, el griterío de los muelles a la hora de la rula, el chapoteo tranquilizador del mar contra los muros del puerto, las cosas viejas y queridas que ya no volverá a tener. Y los niños, por supuesto. Pero ésa es otra historia. Casi todos los días sueña con ellos, sueña que se le ahogan en el mar, que se le caen por una ventana, que los persigue un bombardero pequeño, como de juguete, pero con bombas de verdad. Quiere creer que no es cierto, no les pasa nada, seguro que estarán bien, sólo son sueños, aunque la angustia que siente al despertar de sus pesadillas le dura hasta la noche siguiente. A veces habla con Emiliano de eso, pero a él le cuesta trabajo entenderla, porque no ha dejado nada detrás, ni objetos, ni lugares, ni personas cercanas.

A Emiliano la guerra le pilló en Castrollano por casualidad. Habían empezado las fiestas del Carmen, y él acababa de llegar con su camión medio oxidado en el que transportaba el puesto de feria que paseaba por toda España, de pueblo en pueblo y de ciudad en ciudad. Así vivía desde que había nacido, ni siquiera sabía muy bien dónde, en un pueblo de Soria, debió de ser. Antes viajaba con los padres. Ahora que ya estaban muertos, iba solo. Siempre solo. Y como carecía de casi todo, de jefes, de empleados, de familia, de casa, de ideas políticas, de religión, de dinero, y hasta de un trozo de cielo que pudiese considerar propio, lo de la guerra le pareció no sólo una cosa horrible, sino además totalmente ajena a su vida. Cuando comprendió que lo iban a movilizar, decidió que no estaba dispuesto ni a matar ni a morir por un rey o un presidente o un dios o una peseta. Así que simuló una cojera extrema que le eximiría del servicio, malvendió el camión, el puesto y todo el género, abandonó la pensión en la que solía quedarse y se instaló, como si fuera un mendigo tullido, en un galpón del puerto, entre las redes y los palangres de los pescadores. Allí fue donde lo conoció Margarita, mientras se paseaba por los muelles y echaba una mano en las faenas de los barcos. Él la veía pasar, meneando sus anchas caderas y mostrando su desparpajo, y no podía evitar mirarla fijamente con aquellos ojos negros tan redondos, porque le parecía la mujer más guapa del mundo, mucho más guapa que todas las que había visto hasta entonces.

Antes de la muerte de Miguel, ya se habían acostado varias veces. Si pensaba en su marido, solo en el frente, jugándose la vida, Margarita se sentía mal, pero el cuerpo joven y lleno de energía de Emiliano despertaba en ella tanto deseo, que prefería no pararse a pensar. Al fin y al cabo, se decía a sí misma, no era la única que lo hacía, y seguro que a Miguel, tan bueno y tan capaz de entenderlo todo, tampoco le importaría mucho si lo supiese.

Cuando se quedó viuda, empezó a ver a Emiliano con más frecuencia. Ahora ya no tenía motivos para creerse culpable de nada, y además él la ayudaba con la tristeza que se le había metido dentro. A pesar de sus largas soledades, era cariñoso y apasionado, y eso la hacía sentirse bien. Poco a poco, el chico se atrevió a proponerle que saliesen a pasear juntos, sin esconderse. Pero a ella no le daba la gana. Aunque su cuerpo no hubiese respetado la ausencia del marido ni su muerte, su moral sí, y no estaba dispuesta a dar que hablar. A los ojos de todo el mundo, era la viuda de Miguel Vega, y así quería seguir por mucho tiempo. Porque el difunto se lo merecía y porque, además, y aunque fuera de una manera confusa, su nueva condición parecía redimirla de sus muchas faltas, de sus pésimas maneras y su aspecto desastrado y su lenguaje salvaje. Los vecinos, las amigas, los camaradas del partido, incluso la gente que no la conocía y se cruzaba con ella por la calle, vestida de negro, desmejorada y ojerosa, la miraban ahora de otra forma, como si comprendiesen su pena y admirasen el coraje que tendría que echarle a la vida para seguir adelante. Hasta Letrita y las cuñadas la trataban de manera diferente. No es que antes tuviera quejas de ellas, no, siempre habían sido buenas, pero ahora sentía que su respeto era mayor. Así que, aunque la muerte de Miguel fuese una cosa muy triste, que la había dejado además desamparada con dos hijos todavía muy pequeños a su cargo, detrás del dolor Margarita estaba disfrutando de su condición de viuda formal y no se sentía dispuesta a estropearla por un amorío. Seguirían viéndose en secreto, y sólo en secreto.

Aquello duró unas semanas, aquel pesar reconfortante, aquella apacible incertidumbre del porvenir. Porque enseguida llegó el miedo puro y duro. En cuanto los fascistas tomaron Castrollano. Los días anteriores, cuando su victoria parecía cosa inevitable, las camaradas se pasaban unas a otras la consigna de huir. Era evidente que iban a fusilarlas o, al menos, a meterlas en la cárcel y quizá torturarlas por sacarles información. Lo estaban haciendo en todas partes. Había que irse, no sólo para salvarse, sino también y sobre todo —sostenían las más combativas— para volver a incorporarse a la lucha allí donde los sublevados aún no habían llegado. Algunas, como haría la familia Vega, se embarcaron camino de los puertos franceses a los que casi nadie consiguió llegar. Otras intentaron la fuga por los montes, y quién sabe si lo lograron. Pero hubo muchas que no pudieron escapar. Tenían hijos pequeños, o una madre vieja o un marido malherido en el hospital al que no querían abandonar. Tenían responsabilidades, y ni un céntimo para sobrevivir lejos del entorno familiar. Se quedaron. Encerradas en casa, como ausentes de la vida, tratando de disimular en vano su propia existencia y esperando con todos los músculos del cuerpo hechos un nudo los golpes en la puerta que anunciarían el cumplimiento de la atroz delación.

Letrita le había comunicado a Margarita sus planes de huida, por si ella quería acompañarlos con los niños. Pero no quiso. No sabía hacer otra cosa que no fuera comprar el pescado en la rula y venderlo después en su puesto, dijo. No se imaginaba viviendo en ningún lugar que no fuese aquél, el único que su consciencia reconocía como real. Y además, todavía confiaba en que Castrollano no caería en manos del ejército de Franco.

Pero Castrollano cayó sólo unos días después. Y con la ciudad empezaron a caer las almas. Hubo almas miserables que corrieron a participar en todas las misas y tedéums celebrados de inmediato con el mismo entusiasmo y clamor con el que meses atrás habían aplaudido las llamas que devoraban los conventos y las iglesias, y el paso triste de las religiosas y los curas detenidos. Almas crueles que se apresuraron a depositar a la puerta de los despachos cartas endemoniadas, que costaron la libertad a aquel compañero de trabajo que un día había ascendido inmerecidamente, a la antigua amiga que se había quedado con el novio ajeno o al primo con el que habría que compartir en el futuro la ridícula herencia familiar. Almas ambiciosas que susurraron al oído de otras almas, pletóricas de poder, nombres que serían borrados de la faz de la tierra y en la estela de cuyo asesinato ellas alcanzarían la fortuna. Hubo almas vengativas, cobardes, abyectas, almas inhumanas y almas desalmadas, y todas juntas cayeron enredándose las unas en las otras hacia el abismo del Mal, como los ángeles al ser expulsados del Paraíso.

Cuando las tropas fascistas entraron en la ciudad, Margarita empezó a tener mucho miedo. Recordaba las atrocidades que las camaradas contaban de otros lugares tomados. No quería morir, no quería ir a la cárcel, no quería que le hiciesen daño. Se encerró en casa, como le habían aconsejado, sin noticias del exterior, bajo la mirada a ratos burlona y a ratos asustada de su madre. Los niños parecían captar su angustia y no paraban de llorar. Se agarraban a su falda, llenos de mocos, balbuceantes, y la seguían a todas partes. Ella sentía todo el tiempo los latidos del corazón en las sienes, y las piernas le picaban constantemente, enrojecidas por una repentina urticaria. No sabía qué hacer. Una y otra vez se preguntaba cuánto tiempo iba a durar aquello, quién la sacaría de allí, quién iba a ayudarla.

Al tercer día, ya anochecido, Emiliano llamó a su puerta. La madre había salido, así que lo dejó pasar. Estaba pálido y le temblaba un poco la barbilla. Le habló muy bajo, con la voz ronca:

—Tenemos que irnos, tenemos que irnos... No te puedes quedar aquí... He visto cómo los matan, lo he visto yo mismo, Margarita, yo, eran trece, sí, trece, Suero el patrón del *Raitán* y su hijo también, los llevan detrás de la tapia del cementerio y los fusilan allí, todos juntos, Margarita, los trece juntos, al hijo de Suero no le dejaron que se pusiera junto a su padre, lo apartaron a culatazos a la otra esquina, algunos gritaban y los insultaban, cayeron todos revueltos, unos encima de otros, llenos de sangre, a un soldado le saltó sangre a la cara y se puso a vomitar, algunos todavía se movían cuando los tiraron al camión, tenemos que irnos, Margarita, yo me voy contigo, no te preocupes, vámonos, yo te ayudaré, yo te cuido, yo puedo cuidarte, Margarita, pero vámonos...

Y se fueron. Esa misma madrugada, hacia las dos, sin que nadie se enterase. Le costó tanto separarse de los niños, que dormían abrazados a ella, que a punto estuvo de quedarse. Pero pensó en los fusilados, en Miguel, en las camaradas a las que quizá estarían torturando en ese mismo momento, y logró zafarse de las manos pequeñas, tan pequeñas y tan pegajosas como las pequeñas raíces pegajosas de las hiedras. Quería vivir. Sólo serían unos días, quizá unas semanas, unos meses a lo sumo. Volvería pronto. Ahora está en Madrid, libre y viva. Pero durante mucho tiempo, durante largos años, se preguntará si merecía la pena seguir viviendo así, con aquella vida que es sólo media vida. Los niños detrás, al fondo de un largo túnel oscuro, los niños que poco a poco irán dejando de ser niños, un día Miguel cumplirá diez años y enseguida Publio también, y luego veinte y luego treinta...

Al principio, Margarita seguirá queriendo creer que todo acabará pronto. Las cosas volverán a ser como antes, piensa, ahora todo está revuelto por culpa de la guerra, pero esto terminará, y podremos regresar a casa. Después irá pasando el tiempo, las semanas caerán unas sobre otras, y luego los meses y los años eternos de los derrotados, y todo seguirá igual. Nadie volverá a hablar de cambiar el mundo, de hacer la revolución, de acabar con la miseria en la que ella misma vive ahora, resignada ya a ese destino de frío y hambre y riñones deslomados fregando por unas pocas pesetas casas y portales y retretes. Nadie volverá a pronunciar ciertas palabras, a hacer ciertos gestos, a mirarse de determinada manera. Nadie, salvo alguna vieja chocha, recordará lo anterior, la vida de antes de la guerra, ni siquiera la propia guerra, como si nunca hubiera ocurrido.

De vez en cuando, se comentará en voz baja que a la Dolores le fusilaron al marido por rojo. O que Marcial el quincallero tiene un hijo en la cárcel. O que al cuñado de Chona lo detuvieron el otro día en el trabajo. Entonces Margarita buscará en los ojos de esos vecinos una señal, como si se pudiesen encontrar en las pupilas los restos de un pasado común, las mismas ilusiones, el mismo combate, el mismo fracaso. Pero los ojos se habrán vuelto vacíos, y ella, igual que todos, callará. Seguirá viviendo su media vida al otro lado del túnel, perderá la esperanza y callará.

Al principio estarán el miedo y la nostalgia. Luego, a medida que vaya dándose cuenta de que el tiempo pasa y nada cambia, llegará también la vergüenza. Se fue. Le pudo la cobardía. Dejó a los niños solos en aquella cama, y ella se fue para seguir viviendo libre, sin preguntarse si al irse no estaba condenando a sus hijos. Poco a poco comprenderá que no puede volver. Aunque Franco muriese, aunque sus antiguos camaradas hiciesen la revolución, aunque los muros de todas las cárceles fuesen derribados para no alzarse nunca más, no puede volver. ¿Qué pensarán de ella aquellas criaturas a las que abandonó en su propia cama, con el puchero todavía del último llanto en la boca?

Margarita se odiará a sí misma, y en el duro camino de ese odio se le olvidará toda la ternura que alguna vez sintió. Tendrá otros hijos de Emiliano, tres. A la mayor, la única niña, la llamará Letrita, y a los chicos les pondrá Miguel y Publio, igual que los otros, los de allá. Cada vez que diga sus nombres, será como si de alguna manera estuviese habitando también en su otra media vida perdida. Pero los criará sin cariño y sin esperanza. No se acordará de abrazarlos y achucharlos y secarles las lágrimas y dejarles que duerman agarrados a ella, sujetándola con sus manos pequeñas y pegajosas. No les enseñará, igual que ella aprendió de su marido, que el mundo puede ser mejor, que hay que luchar por conseguirlo, que se debe ser digno y generoso, aunque se sea pobre. Habrá perdido la memoria de sí misma, de Margarita la pescadera, la que era luchadora y entusiasta y también bondadosa. Tratará con dureza a Emiliano, empequeñecido y cada vez más triste, cuando vuelva de sus largas jornadas de albañil. Irá a limpiar las casas ajenas sin prestar la menor atención al espacio propio, a aquella chabola de Vallecas en la que se acumularán la porquería y los trastos inútiles. Se convertirá en una mujer hosca, silenciosa y malhumorada, rápidamente vieja. Pero nada de eso le importará. No siente ninguna compasión de nadie. Sobre todo, no siente ninguna compasión de sí misma. El túnel se habrá cerrado sobre ella, apresándola en su oscuridad y su estrechura.

Sólo cuando muera Emiliano, casi treinta años después de aquella madrugada en que huyeron juntos de Castrollano, Margarita notará que algo se le reblandece por dentro. Para entonces, los hijos estarán fuera. Miguel trabaja en una fábrica en Alemania, y desde allí manda algún dinero muy de cuando en cuando. Publio se fue a hacer la mili a Barcelona, y nunca volvió. Escribió un par de postales, pero no se sabe dónde anda, y ni siquiera hubo forma de avisarle de la muerte del padre. Y Letrita se habrá ido a vivir con un vecino, un afilador malencarado y sucio que, a juzgar por los moratones que a veces trae en la cara, debe de pegarle, aunque ella no se queja.

La muerte de Emiliano la habrá dejado de nuevo al otro lado del túnel. De pronto, a la vuelta del entierro, se verá allí, con su otra media vida detrás, sola, igual que lo estaba en el minuto antes de que él llamara a su puerta aquella noche del año 37. Descubrirá que quiere salir. Necesita intentarlo. Volverá a Castrollano.

Al día siguiente, descoserá con cuidado una esquina de su viejo colchón, revolverá entre la lana y sacará algunos billetes, lo que le queda del último envío de Miguel. Detrás de un ladrillo de la cocina encontrará la foto arrugada y descolorida que se llevó de casa y que siempre ha guardado en secreto, Miguel y ella y los niños muy pequeños en la playa, sonrientes y quizá felices. Con todo aquello en el bolso, cogerá un autobús.

Viajará absorta, sintiendo que le pesan tanto todos los errores, todos los fracasos, como si llevara una enorme montaña encima, una montaña que no le deja pensar con claridad. Sólo sabe que no pretende que sus hijos la quieran. Únicamente busca que la comprendan y, por eso, la perdonen. Fue la guerra, la culpa la tuvo la guerra, se repetirá una y otra vez, yo no era mala madre, si no hubiese sido por aquello jamás los habría abandonado. Eso es lo que les tiene que decir, y ellos la comprenderán.

No logrará reconocer su propia ciudad, pero eso no la afectará. Han levantado grandes fábricas en sus alrededores, han construido barrios enteros allí donde antes sólo había prados y ganado, han derribado la mayor parte de los edificios cuyo recuerdo guardaba su memoria. En cualquier caso, no es eso lo que busca, no el reencuentro con un espacio, un paisaje, un olor determinado del aire, aunque aquel gusto a sal se le meta por la boca nada más bajarse del autobús. Ni siquiera correrá al mar. Se irá a una fonda, la más cercana a la estación, y allí, apenas llegada, pedirá un teléfono y una guía. Vega Suárez, P. Sólo hay uno.

—¿Publio Vega?

—Sí, soy yo. ¿Quién es?

—Margarita, Margarita Suárez. Tu... tu madre.

Irá a buscarla al cabo de un rato. Ella lo esperará en el vestíbulo de la pensión, sentada en una silla, sujetando fuerte sobre su regazo el viejo bolso. Lo esperará muerta de miedo y de estupor. Se pondrá en pie cuando él entre, pero no lo mirará. No se atreve. Él se detendrá un momento ante ella, y después le estrechará brevemente la mano. Vamos, dirá, y Margarita lo seguirá escaleras abajo y caminará detrás de él hasta entrar en una cafetería. Publio se le sentará enfrente. Pedirá dos cafés.

La observará durante un largo rato, ella cabizbaja y en silencio. La observará el tiempo suficiente para ver que es vieja y fea y pobre, tan vieja y tan fea y tan pobre que da asco.

—¿Estás de luto? —preguntará al fin.

—Sí. Se me murió el marido, bueno, no era mi marido de verdad, pero... —Quizá se apiade de ella, piensa, aunque no se atreverá a levantar los ojos para comprobarlo.

—Ya, no era tu marido... ¿Y tú no me preguntas nada? ¿No quieres saber dónde anda Miguel?

—Sí.

—En México. Está en México. No le va mal. Ha puesto una tienda. A mí tampoco me va mal. Tengo una carpintería.

—Me alegro mucho.

—Cuatro hijos. Miguel tiene cuatro hijos. Yo, una chica. Mi mujer no pudo tener más. —Publio encenderá un cigarrillo. Chupará a fondo y le echará el humo a la cara—. No te recordaba. No tengo ni idea de cómo eras cuando te fuiste.

—Perdón.

—¿Qué dices?

—Sólo quería pediros perdón.

—¿Perdón? ¿Nos dejaste tirados y ahora vienes, después de treinta años, y pides perdón?

—Tenía miedo.

—¿De qué tenías miedo?

—De... de que me llevaran a la cárcel, de que me fusilaran.

—¿Por qué te iban a fusilar? ¿Qué eras, roja? ¿Eras roja, comunista, qué eras?

—Yo...

De pronto Publio dejará de mirarla. Cogerá el tique de encima de la mesa, sacará su cartera, buscará unas monedas.

—Voy a decirte una cosa: no quiero saber nada. No me interesan nada esas historias. El pasado, la guerra, los rojos... ¿Qué tiene que ver todo eso conmigo? Yo vivo bien. Me ha costado mucho conseguir lo que tengo. Nadie me lo ha regalado. Si te metiste en líos, allá tú. Yo no quiero problemas.

Margarita levantará al fin la mirada. Era un crío flaco, con unos grandes ojos pálidos y dulces. El último día se agarraba a ella desesperadamente, como si supiera que se iba a ir. Está gordo, y casi calvo. Tal vez hubiera podido tener algo de la delicadeza de su padre, pero sus rasgos son duros, tensos y duros, ojos cortantes, boca fina, unas gotas de sudor en la frente. No la odia. Sólo la desprecia. Podría haber sido el hijo de cualquiera, no el suyo, no el de Miguel, este hombre no, es un hombre extraño que la mira con desprecio y que no quiere saber. Tampoco él quiere saber.

Margarita contemplará la calle a través del ventanal. Edificios nuevos. Aceras nuevas. Coches nuevos. Gente nueva que no quiere saber. Quizá todo eso no existió, la lucha por un mundo mejor, Miguel, los camaradas, la guerra, los muertos, los fusilados, los presos, la infinita derrota. Quizá no hubo nada al otro lado del túnel, en su media vida del pasado. Quizá no hubo ni siquiera pasado.

Al día siguiente regresará a su chabola de Vallecas. A su lado viajará una vieja, tan vieja, tan pobre, tan vestida de luto como ella misma. No se dirán ni una palabra en todo el trayecto. Pero al separarse en el andén de la estación, la otra la mirará y lanzará un suspiro:

—¡Qué silencio tan largo!

Margarita asentirá. Luego se sonreirán y cada una seguirá su camino. Solas y calladas. Pero en aquella sonrisa de dos viejas pobres y vestidas de luto habrá brillado durante un instante, como un sol al fondo de un túnel muy oscuro, el pasado desvanecido.

LA FEALDAD DE LA VIDA
—

El viento del verano sopla alegre sobre Castrollano al día siguiente de la visita al barrio de pescadores. Las hojas de los castaños del parque aletean como grandes pájaros silenciosos. En la playa, las olas rompen sobre la arena, llenas de inocencia. El polvo de las ruinas se aleja en rápidos torbellinos hacia los prados de las afueras. Las faldas ligeras de las niñas se levantan y giran en el aire. Bajo el cielo brillante, la ciudad parece esta mañana más animada, como si el sol y la brisa la liberasen de sus penurias y sus pecados y sus torturas.

Alegría respira hondo, asomada a las ventanas del patio de manzana. Al otro lado, alguien ha tendido a primera hora la colada, sábanas blancas, algunas enaguas, un par de camisitas de recién nacido, ropas volanderas y livianas que se recortan sobre el fondo desconchado de la fachada. Una mujer canta a voz en cuello en alguno de los pisos, con tono destemplado y contento. Se oyen ruidos de niños, el trino enjaulado de un canario, un rápido repique de campanas, el vozarrón de un hombre llamando a Josefa, maullidos de gatos enfurecidos, el sonido alborotado del mar.

Alegría piensa que es un buen presagio, esa recuperación de la normalidad, ese regreso de la vida cotidiana, con su multitud de pequeñas tareas agradables. Las cosas insignificantes han adquirido ahora un gran valor. Hoy, por ejemplo, parece como si estuviera a punto de ocurrir un acontecimiento. Feda le ha prometido que se levantará pronto para lavarle la cabeza y peinarla. María Luisa va a dejarle el único traje de chaqueta que aún conserva, un poco descolorido ya y ajado, pero todavía presentable. Carmina ha puesto a su disposición bolsos y zapatos, y hasta unas gotas de una colonia francesa suave que guarda como un tesoro pero que le vendrá muy bien, que te vean guapa, hija —le ha dicho—, y como si no te faltara de nada, que a los pobres ya sabes que no los quiere nadie... Pensar en arreglarse por un día la pone contenta, como cuando estaba con Alfonso en Pontevedra y se vestía para ir a misa. Y además, es probable que Carmina tenga razón. Aunque doña Adela sienta aprecio por ella, es mejor que la vea con buen aspecto, no vaya a ser que le niegue el trabajo por miedo a que se presente así a atender a los clientes.

Ya se imagina con placer el viejo mostrador de madera de la droguería Cabal, los estantes donde se almacenan los botes de pintura y los productos de limpieza, la vitrina blanca de las colonias y los cajoncitos llenos de lápices, coloretes y cajas de polvos, siempre perfectamente ordenados y limpios. Imagina también el reencuentro con los compañeros, después de tanto tiempo, y se ve a sí misma despachando, dando cambios, rebuscando en el almacén, abriendo las cajas recién llegadas... El día anterior, mientras volvían de casa de Miguel, pasaron por delante de la tienda. Era tarde, y ya le habían echado el cierre, pero fue una sorpresa agradable comprobar que el negocio seguía en marcha. Se detuvieron ante el escaparate. Estaba casi vacío, y las pocas cosas allí expuestas —un par de escobas, un viejo frasco de colonia, algunos botes oxidados de pintura— parecían dar mayor realce al cartel dibujado con esmero, el yugo y las flechas y las grandes letras góticas, *La Droguería Cabal saluda al Glorioso Ejército Nacional, Salvador de España*... Han visto ese mismo cartel en otras muchas tiendas, y ya no las asusta. Que doña Adela exhiba semejante mensaje no quiere decir gran cosa. Muchos lo hacen sólo para librarse de los ataques de los fanáticos, que pretenden que todo el mundo demuestre públicamente su adhesión a los vencedores. Pero al lado de ese letrero hay otro, éste pequeño y más burdo, que las llena en cambio de entusiasmo, *Se necesita dependienta*...

Por la noche, mientras juegan una partida al tute, hablan sin parar de ese asunto. Carmina no podrá ayudarlas indefinidamente. El dinero les hace falta con urgencia, y saben que, en sus circunstancias, no va a ser fácil conseguir trabajo para ninguna de ellas. María Luisa, por supuesto, ha perdido el suyo. Ha sido depurada por sus actividades políticas, y jamás podrá volver a dar clases. Ella nunca lo menciona, y ni siquiera quiere pararse a recordarlo, porque si tiene que sumar esa pérdida a todas las demás, está segura de que se volverá loca. Ya cambiarán las cosas en el futuro, piensa, algún día todo volverá a ser normal, y podrá pasearse de nuevo entre los pupitres llenos de niños, mirándoles las caras inocentes y graciosas, y tratando de ayudarles a descubrir el mundo. Esos tiempos tienen que volver, este espanto no puede durar para siempre, se dice a sí misma. Pero entretanto hay que trabajar, en lo que sea y como sea. Conseguir un poco de dinero para comprar las cosas imprescindibles, las de las cartillas de racionamiento, algo de comida, carbón y productos de aseo. Que Alegría tenga la oportunidad de volver a su antiguo trabajo es pues una gran noticia que las mantiene excitadas y contentas buena parte de la noche. Pasan varias horas haciendo planes, dándole consejos, repitiéndose las unas a las otras las mismas razones tranquilizadoras, cómo no te va a coger doña Adela, con todo lo que tú la ayudaste sin pedirle nunca nada a cambio, y además esa señora es muy buena gente y jamás se metió en nada de política, ni a favor de unos ni a favor de otros, seguro que mañana mismo estás trabajando, Alegría, ya verás como sí...

En la casa se oyen ruidos, una puerta que se cierra, el fuego de la cocina empezando a arder. Feda ha cumplido su promesa y ya se ha levantado para ayudarla. En seguida están todas despiertas, incluida Carmina, a quien le gusta dormir la mañana pero que hoy madruga para asistir a los preparativos casi con el mismo nerviosismo que si fuese una novia la que va a salir de su casa. Un par de horas después, Alegría y María Luisa, que se ha empeñado en acompañarla, caminan hacia la droguería Cabal. La prisa las hace ir tan rápido que llegan casi sin aliento, con las caras enrojecidas de la carrera y del calor del día. Tienen que detenerse unos minutos a pocos pasos del local, y María Luisa aprovecha para colocarle bien la ropa a su hermana y pasarle las manos por el peinado, recogiendo algunos mechones que el aire ha movido. Se ríen como dos niñas, como cuando iban juntas a casa de doña Asunción, la madrina, y se arreglaban la una a la otra antes de entrar, sabiendo que sólo si su aspecto era impecable recibirían dulces y algún dinero.

Bajo los grandes retratos de Franco y José Antonio que presiden la tienda —antes siempre abarrotada de género y ahora casi vacía—, se mantiene sin embargo el viejo olor indefinible que ha impregnado desde hace años los muebles y las paredes y forma ya parte de aquel espacio, ráfagas entremezcladas de barnices, carbono, polvos de arroz, matarratas y agua de lavanda. Detrás del mostrador, donde siempre trabajaban tres o cuatro personas, sólo hay ahora una, Nieves, la antigua encargada, que mantiene intacto su aspecto de mujer encantadora y un poco triste, como desamparada. En cuanto reconoce a Alegría sale para besarla, sorprendida y contenta. Doña Adela, tan elegante como siempre, cruza en ese momento la puerta para iniciar sus tareas matinales. Saluda afable a las dos hermanas, y en seguida las invita a pasar a su pequeña oficina de la trastienda.

—¡Vaya, sí que me alegro de verte, hija! Y estás muy guapa, además. Más delgada, pero muy guapa. Claro que delgadas lo estamos todas, con este hambre que estamos pasando...

—Pues usted tiene muy buen aspecto, doña Adela.

—Sí, no me puedo quejar... Han sido malos tiempos, pero por lo menos en mi casa no ha habido ninguna desgracia, hemos tenido mucha suerte, gracias a Dios. Y la droguería... Bueno, ya ves, vamos resistiendo. ¿Y tú qué tal, hija? ¿Cómo están tus padres?

—Mi padre murió, pero mamá está bien, gracias.

—Dile que la acompaño en el sentimiento, nadie sabe lo que es quedarse viuda hasta que le llega...

—y doña Adela piensa por un momento en lo liberada que se sintió ella cuando se le murió el marido, aquel pesado de Antonio, y ganas le dan de sonreír, pero su rostro, tan acostumbrado al fingimiento, mantiene el gesto de la pesadumbre—. Bueno, hija, pues ya sabes, aquí estoy para lo que necesites.

—Gracias, doña Adela. Yo... quería preguntarle si podría volver a trabajar aquí.

La mujer la observa con sorpresa. No parecía esperarse semejante petición, que la pone en un aprieto. Pero está acostumbrada a resolver rápidamente los conflictos, y enseguida reacciona:

—¿Tienes el certificado de adhesión al Movimiento Nacional?

Alegría palidece.

—No.

—Pues sin eso no te puedo dar trabajo, hija... Yo no tengo nada contra ti, más bien al revés, ya sabes que siempre estuve muy contenta contigo, pero ahora las cosas son difíciles para todos, y no debo arriesgarme a meterme en líos por una tontería como ésa. Si consigues el certificado y el puesto está todavía libre, tuyo será.

Alegría calla. María Luisa sin embargo, como de costumbre, no puede evitar contestar:

—Usted sabe perfectamente que no va a conseguirlo, doña Adela, lo sabe muy bien. Pero, qué importa el certificado, mi hermana siempre fue una trabajadora ejemplar. ¿O ya se ha olvidado de que no faltó nunca, ni siquiera en medio de los peores bombardeos? ¿Quién se quedaba ayudándola cuando había que hacer inventario, y sin cobrar ni un céntimo más? ¿Quién sustituía a Nieves como encargada cuando ella no venía, y siempre por el mismo sueldo? ¿Y ahora resulta que no puede volver a emplearla porque ningún cura ni ningún militar ni ningún falangista va a decir que es buena? ¿Le parece justo?

Doña Adela ya se ha puesto en pie y su cara siempre sonriente se ha vuelto seria, casi ceñuda.

—No sé si es justo o no, pero tenéis que entender que soy una mujer viuda, sin un hombre que me apoye, y que todo está muy complicado. Yo no puedo echaros una mano. Lo siento, de verdad que lo siento, pero no puedo.

María Luisa, cada vez más enfadada, insiste:

—Ella también es una mujer viuda, ¿se acuerda usted?

—Sí, lo sé, lo sé, pero así es la vida, hijas, qué le vamos a hacer...

Alegría interrumpe la discusión:

—Déjalo, vámonos ya... —Se despide rápidamente de doña Adela y de Nieves, que la mira compungida, y sale a la calle tragándose las lágrimas y la rabia—. No le des más vueltas, no importa, no es el único trabajo en Castrollano, ya encontraremos algo, no te preocupes...

María Luisa todavía se gira hacia la droguería y maldice, ojalá no vuelva a entrarle nadie en la tienda y se le pudra todo, y su furor hace reír por un momento a su hermana. Luego caminan cogidas del brazo, en silencio durante un rato y charlando de naderías después, fingiendo una despreocupación que, sin embargo, no pueden sentir.

De pronto, alguien grita y abraza a María Luisa.

—¡María Luisa...!

Teresa Riera era preciosa, tan guapa, con sus grandes ojos grises y su oscuro pelo ondulado, que la gente se volvía por la calle para mirarla. Ella solía reírse cuando se lo decían, ser guapa está bien, contestaba, pero hay cosas más importantes. Quizá su belleza provenía también de esas otras cosas, de su forma armoniosa de estar en el mundo, de aquella bondad que hacía que todos los seres débiles buscasen refugio en ella, los niños y los perros y los viejos enfermos y hasta los desgraciados que pedían limosna en las esquinas. Era tan guapa, que María Luisa no puede evitar sentirse mal al mirarla ahora, cuando termina el largo abrazo y se encuentra con el rostro demacrado, los ojos saltones sobre una piel que se ha vuelto arrugada como la de una mujer mayor, el pelo rapado casi al cero. La guerra ha dejado también sobre los cuerpos su huella de desgaste y de devastación.

Teresa les propone ir un rato a su piso, tienen tantas cosas que contarse y tanto que celebrar ahora que se han encontrado... Su madre ha muerto, dice, pero ella sigue viviendo en el mismo sitio, allí al lado, justo encima de La Imperial, aquella famosa pastelería donde antes se exponían montañas de bombones envueltos en papeles brillantes, merengues de colores y tartas con formas de flores y que ahora está cerrada, cubierta de telarañas la persiana del escaparate. Alegría rechaza la invitación: quiere llegar pronto a casa y descargar al fin su disgusto, así que prefiere seguir sola su camino, dejando a las dos amigas todavía abrazadas, felices de haberse descubierto vivas.

El piso de Teresa y su madre, una mujer adinerada, siempre tuvo buenos muebles y cuadros notables. Ahora está casi vacío. El precioso piano Pleyel que le habían regalado al cumplir los quince años ha desaparecido. En su lugar hay una mesa sobre la que están pegados un montón de papelitos, pequeños trozos alargados de papel, blancos y negros, que parecen simular un teclado. Teresa nota la sorpresa de su amiga. Está desolada:

—Me lo robaron. En realidad, me robaron todo. Pero lo que más me dolió fue que se llevaran mi piano.

Adora la música desde niña, vive para ella. Nunca fue una gran artista, pero le gusta la enseñanza, y su dulzura con los niños la convirtió en una buena maestra. Al inaugurarse el conservatorio en enero del 36, obtuvo una plaza. Pero el conservatorio ya no existe. Lo bombardearon los fascistas cuando asediaron la ciudad, y el hermoso edificio ardió como una cerilla. Lucio Muñoz, el viejo profesor de flauta, contempló el incendio durante toda la noche entre lágrimas, y afirmó que mientras las llamas iban devorándolo todo, se oían ráfagas de música levantándose sobre el silbido del fuego y los estallidos de la madera, pianos llorosos, trompas lastimeras, violines tristes como la mismísima muerte. Así llegó la barbarie, entre el llanto de los hombres y de las cosas.

Ahora, sobre las ruinas de la escuela crecen pequeñas matas de brunelas, ranúnculos, lamios y arenarias. A Teresa, cuando pasa por delante y ve las flores moviéndose despacio en el aire y alegrando la sordidez de los cascotes, le parece que es un símbolo de lo que algún día habrá de volver. Toda esa belleza perdida. De cualquier modo, aunque el conservatorio aún permaneciese en pie, ella no podría seguir dando clases allí. Igual que María Luisa, igual que la mayor parte de los amigos y amigas supervivientes, ha sido depurada. Jamás volverá a enseñar. Pero aún recibe en casa, sin cobrarles ni un céntimo, a un par de antiguas alumnas, que se resisten a abandonar su aprendizaje. Se sientan ante la mesa y fingen tocar a Schumann, a Chopin, a Debussy, apretando los dedos sobre los trocitos de papel. Ella tararea la melodía de la mano izquierda. Las niñas la de la derecha. A veces se parten de risa al contemplarse a sí mismas de aquella manera. A veces también lloran.

—Ya sé que es ridículo, pero si no lo hiciera creo que me moriría.

—¿Por qué va a ser ridículo? No, no lo es. La música está dentro de ti. No se puede vivir sin lo que uno lleva dentro. Cuando intentas callarlo, te estalla y te revienta. Toca, Teresa, toca, aunque sea así. La música es tu vida. Si permites que te quiten también eso, será como si te hubieran matado.

Teresa sonríe, animada:

—No lo lograrán, ¿verdad?

—Claro que no lo lograrán.

Sonríe, pero su aspecto es malo, y a veces no puede evitar una mueca de sufrimiento. Está seriamente enferma. En la cárcel cogió una tuberculosis ósea que le provoca dolores muy fuertes. Su espalda parece un nido de víboras. Le han dicho que podría operarse, pero le costaría mucho dinero, y no lo tiene.

—A veces me miro al espejo y no me reconozco. ¿Era yo la que afirmaba que ser guapa no es importante? Ahora daría algo por volver a serlo. Ya sé que parece una tontería, pero pienso que si vuelvo a ser guapa será porque estoy bien, porque todo ha pasado, porque la catástrofe se acabó... La vida se ha vuelto fea, y yo también. Me pregunto si quiero seguir viviendo en medio de tanta fealdad. María Luisa no sabe qué decir. Comprende a su amiga. Ella aún tiene a Fernando, aunque esté en la cárcel, tiene a su madre y sus hermanas y a Merceditas. Son grandes razones para vivir. Pero Teresa está sola. Su madre ha muerto. El hombre al que quiso también. Lo ejecutaron. Era un hombre destacado, un buen político, por eso lo ejecutaron. No importa cómo se llamase. Nunca habló de él con nadie, y ahora necesita hacerlo, pero no puede delatarlo. Estaba casado y quería a su mujer, y ella no desea emborronar ese recuerdo. Cuando empezó todo, los dos se alistaron en la milicia, aunque cada uno lo hizo en una columna diferente. Se despidieron sin tristeza, prometiéndose el reencuentro pronto, en la victoria. Durante muchos meses no tuvo noticias suyas, pero vivió pensando en él, cada vez que salvaba la vida en una acción, cada vez que entraba con los compañeros en un pueblo ganado, y mientras caminaba por los senderos y los valles y trepaba por las rocas que los llevaban arriba, hacia lo alto de las montañas solitarias, cerca ya de la Meseta, perseguidos por los fascistas que al fin acabarían por atraparlos.

En la cárcel, en aquel antiguo hospicio donde

pasó dos años largos, tan frío y húmedo y triste como un infierno, había coincidido con otra miliciana, compañera de él en la Columna Cantábrica. Fue ella quien le dijo que lo habían matado. Lo ejecutaron con otros tres nada más hacerlos prisioneros, y tiraron sus cadáveres al río. Se veía saltar a las truchas cebándose.

Al oír todo aquello, Teresa no pudo llorar. Se sentía tan rota, tan alejada de su propia vida, que durante el tiempo que permaneció en la cárcel no pudo llorar, como cuando estás muy cansada y sabes que necesitas dormir, pero el sueño se resiste. Sólo cuando al fin llegó a su casa y la encontró vacía y se enteró por una vecina compasiva de que su madre había muerto y de que se lo habían robado todo, sólo entonces rompió a llorar y no paró en cinco días. Aunque en realidad por lo que más lloraba era por el piano, o eso al menos pensaba ella en medio de sus sollozos, pero todo lo otro —su amor, la derrota, su madre, la terrible soledad que la esperaba— debía de estar también ahí.

—No quiero seguir hablando de estas cosas tan tristes. Ahora que tú has vuelto me parece que todo va a ser distinto. ¿Ya tienes trabajo?

—No, ni creo que lo consiga sin el certificado de adhesión...

—No voy a engañarte, María Luisa. La verdad es que no lo tenemos nada fácil. Yo lo he intentado todo, me he presentado en todos los sitios donde necesitaban gente, para lo que fuera, y he pedido ayuda a todos los amigos de mi madre. Nadie se atreve a cogerme. Es arriesgado, porque en cuanto los falangistas se enteran de que alguien como nosotras está trabajando, se ponen hechos una furia. Y ya sabes cómo se lo montan esos cerdos cuando están furiosos. Pero se me ha ocurrido que... Verás, hay gente que está vendiendo comida.

—¿Vendiendo comida?

—Sí, se van en tren por los pueblos y compran cosas a los campesinos que luego venden aquí. Cosas que no se consiguen con las cartillas de racionamiento, o que sólo te dan en cantidades muy pequeñas. Hay quien paga lo que sea por un poco de queso o un pollo o fruta. Es una especie de contrabando, ya sabes. Estraperlo, creo que lo llaman. Podríamos intentarlo juntas...

—¿Pretendes que nos dediquemos al contrabando?

—¿Qué otra cosa quieres que hagamos?

Unos días después, Teresa y María Luisa se subirán a un tren en dirección a las tierras fértiles y cálidas que hay al otro lado de los montes. Carmina les ha prestado el dinero para los billetes y la posible compra, después de una larga discusión familiar en la que todas habrán intentado sin éxito disuadirlas de sus planes. Se bajarán en cualquier estación, en cuanto divisen llanos áridos y vegas verdes y altos álamos creciendo junto a un río, zona de buenos cultivos, y después andarán al azar por los caminos, en busca de alguien cuyo rostro les inspire confianza. Tendrán suerte: al día siguiente regresarán a Castrollano llevando escondidos bajo la faja y el sostén un par de kilos de garbanzos, pequeños y tiernos como la mantequilla, y casi el doble de lentejas.

Durante algunos meses, una vez a la semana, las dos amigas harán aquel viaje y volverán con los saquitos de legumbres ocultos bajo su ropa interior. Luego los venderán en las casas ricas de Castrollano, entrando entre risas disimuladas por la puerta de servicio y dejándose tratar como maleantes, las del estraperlo, que llegan las del estraperlo, susurra la muchacha, y las hace pasar al rincón más escondido de la cocina, donde la señora de la casa pesará la mercancía, la observará con detenimiento y al fin regateará el precio. Así ganarán algunas pesetas, lo suficiente para empezar a adquirir con las cartillas de racionamiento las cosas más imprescindibles.

En los primeros viajes, Teresa y María Luisa disfrutarán como si estuviesen corriendo una gran aventura. Incluso la presencia de las parejas de la Guardia Civil, que recorren a menudo los vagones, mirando con enojo y desconfianza a todos los viajeros y pidiéndoles a los que les resultan sospechosos los papeles, provoca en ellas una emoción que luego, al recordarla, les causa grandes carcajadas. Cuando los vean aparecer, pondrán cara de buenas chicas, los saludarán sonrientes, hablarán en voz alta de lo crecidos que están los hijos y lo bien que hacen de monaguillos en la iglesia y a veces hasta fingirán ir rezando. Así conseguirán pasar desapercibidas un día y otro.

Pero con el paso de las semanas y la llegada del otoño, Teresa empezará a encontrarse cada vez peor. Sus dolores irán aumentando, propiciados por la humedad de la montaña, que se le mete en los huesos por mucho que se abrigue y hasta se cubra durante el trayecto con una vieja manta. El frío asola aquellos vagones de tercera y los pajares o los vestíbulos de las estaciones en los que suelen dormir, esperando el tren de regreso del día siguiente. Las víboras de su espalda serpentean, fustigan y pican sin cesar, haciéndole lanzar gemidos que no logra contener. A veces, María Luisa tendrá que ayudarla a caminar, a subir y bajar de los trenes por aquellos altos escalones que sus huesos se niegan a alcanzar. Pronto llegarán las nevadas, y los viajes se harán más largos, y el frío azuleará sus dedos y sus caras. Uno de aquellos días, en el trayecto de regreso, Teresa se encogerá de dolor sobre el asiento, mareada y sudorosa. Cuando se recupere un poco, contemplará callada las montañas que el tren recorre lentamente, abriéndose paso con esfuerzo a través de la nieve. El ritmo de la vida parece haberse ralentizado. Los copos flotan, se sostienen en el aire, se posan luego despacio sobre otros copos. El ruido de la locomotora llega ensordecido y lejano. La transparencia grisácea de la luz envuelve las cosas, alejándolas las unas de las otras. El mundo parece hermoso y suave, muy hermoso y muy suave y muy triste.

Al regreso a Castrollano, tendrá que pasar varios días en la cama, retorciéndose de dolor, a pesar de que su buen amigo Pepe Delgado, que es médico en el hospital y cuida de ella todo lo que puede, robará dos ampollas del analgésico más eficaz que logre encontrar. Luego, poco a poco, las víboras irán adormeciéndose, y al cabo de unas semanas Teresa volverá a caminar, aunque apoyada en un bastón que deberá acompañarla ya para siempre, según le ha dicho Pepe. A pesar de todo, le propondrá a María Luisa que inicien de nuevo sus expediciones. Pero ella se negará. Se acabó su actividad de estraperlistas. Ahora tendrán que pedirle ayuda a Plácido Bonet. Seguro que él les encontrará algo, igual que se lo ha encontrado a Feda y Alegría. Todavía queda gente decente en el mundo.

La aparición de Plácido en el mes de octubre habrá cambiado la vida de las mujeres de la familia Vega. No será sólo un golpe de suerte, sino la consecuencia del recuerdo que Publio ha dejado en el mundo de su bondad y su honradez. Rico propieta-

rio de minas, accionista de varias empresas metalúr-
gicas y ferviente monárquico que ha apoyado con
entusiasmo el alzamiento —aunque ahora empiece
a observar con cierto temor la toma del poder por
parte de los militares y los falangistas, mientras el rey
aún permanece en el exilio—, Plácido Bonet había
sido buen amigo de Publio, a pesar de sus diferen-
cias políticas. Su antiguo afecto se acrecentó en un
solo día, el 14 de abril del 34. En cuanto conoció la
noticia de la proclamación de la República y la marcha de Alfonso XIII, el empresario se vistió de luto y
puso crespones negros en los balcones de su casa.
Esa misma tarde, sin embargo, acudió a su tertulia
en el café Marítimo, dispuesto a no dejarse amilanar
por las circunstancias y a dar la cara a favor de sus
ideas. En su mesa de siempre, adonde sólo habían
ido aquel día los republicanos, su presencia causó
tanta admiración que todos acallaron el júbilo con
el que estaban celebrando el acontecimiento y pasaron a discutir sesudamente de cuestiones de gobierno y posibles nombramientos, tratando de evitar
la controversia. Pero otros parroquianos de las me-
sas cercanas, al ver allí al renombrado Bonet, fueron
menos corteses, y elevaron las voces aún más de lo
habitual, con el claro propósito de ofender al monárquico osado. Cuando desde el fondo de la sala alguien gritó: ¡A ver si los matamos de una vez a todos,
a los curas, las monjas y los hijos de puta que apoyan

al gran hijo de puta del rey!, Plácido palideció y buscó la mirada siempre cómplice de Publio. Éste se levantó, se dirigió sin dudarlo ni un segundo a la mesa del fanático y le plantó cara:

—Soy republicano desde siempre, y eso quiere decir que, aunque sólo sea por edad, tengo más razones que usted para considerar que hoy es un día histórico. Sin embargo, no voy a permitir que nadie insulte a las personas honradas, aunque no piensen igual que yo. Ahora mismo le va a pedir perdón al señor Bonet.

Por supuesto, la propuesta fue acogida con desprecio y a Publio, que insistía en su exigencia, tuvieron que alejarlo de allí sus contertulios, preocupados por el cariz agresivo que iba tomando el asunto. A pesar de su fracaso, desde aquel momento Plácido Bonet se sintió en eterna deuda de amistad con él.

En el mes de octubre después del final de la guerra, cuando sepa que su buen amigo ha muerto y que su viuda está de vuelta en la ciudad, indagará sin pausa hasta conseguir la nueva dirección de Letrita, y le escribirá una larga carta de pésame, recordando la impresionante personalidad de Publio y poniéndose a su disposición para todo lo que necesite. *Y no te tomes mi ofrecimiento como un puro formalismo. Comprendo que éstos no son buenos tiempos para vosotras, y no querría que lo estuvierais pasando mal estando yo en disposición de echaros una mano en lo que sea. Te ruego por favor*

que me hagas saber cuándo puedo visitarte, o que vengas tú
misma a verme si lo prefieres, y así podremos hablar de todas
estas cosas y recordar juntos a nuestro querido Publio.

Para entonces, Feda y Alegría estarán a punto de perder la esperanza de encontrar un trabajo que no suponga el riesgo del estraperlo al que María Luisa ya se dedica. La humillación de Alegría en la droguería Cabal habrá sido sólo la primera de muchas. Durante semanas, las dos mujeres habrán recorrido la ciudad en busca de cualquier cartel que anuncie un puesto libre. Se habrán presentado en varias tiendas, en dos almacenes del puerto que necesitan oficinistas, en la fábrica de vidrio y hasta en una casa en la que piden una asistenta por horas. Pero en todas partes habrán encontrado la misma respuesta. Sin el certificado de adhesión al Movimiento Nacional, nadie quiere darles trabajo. Algunos se lo exigen por miedo. Otros por convicción. Las puertas se han cerrado para la gente como vosotras, eso les contestarán con desprecio en la zapatería Rodríguez, donde se recibe a los clientes brazo en alto y al grito de ¡Arriba España! El mundo es ahora nuestro, añadirá, asquerosamente sonriente, aquel hombre engominado, mientras se limpia las manos sudorosas en la camisa azul. Un día, Alegría llegará a decir que quizá era más humano lo que hacían antes, convertir a los vencidos en esclavos y no dejarlos morirse de hambre como están haciendo ahora con ellas. Su comentario provocará la risa de las otras, pero también la amarga reflexión sobre lo difícil que les va a resultar salir adelante. Mucho más difícil de lo que jamás habrían creído. Quizá, piensa cada una de ellas en silencio, totalmente imposible.

Después de recibir la carta de Plácido Bonet, a la mañana siguiente, Letrita irá a visitarlo. A pesar de su vieja ropa teñida de negro, todavía habrá gente que detenga inevitablemente su mirada en aquella mujer mayor, castigada sin duda por la vida, pero que camina con tanta dignidad, con la cabeza tan alta y el cuerpo tan recto y los ojos tan generosos, con esa guapura ajada que le han dado —a ella, que nunca fue guapa— su orgullo, su tolerancia y su valentía. Segura de que no necesita humillarse ni suplicar, le pedirá al amigo trabajo para sus hijas. Una semana después, Alegría y Feda estarán empleadas en sus oficinas, tratadas con respeto y ganando un sueldo decente. Se sentirán las mujeres más afortunadas del mundo. De haber creído en Dios, habrían rezado cada noche por Plácido, y hasta habrían sido capaces de pensar que era un ángel enviado por el Señor para protegerlas.

Y cuando María Luisa y Teresa abandonen su miserable carrera de estraperlistas, será también él quien se ocupe de encontrarles trabajo. María Luisa entrará de cajera en el mismo café Marítimo donde Publio pasó tantas horas de tertulia defendiendo la bondad intrínseca de los seres humanos. El dueño, don Mariano, un tipo agradable, le debe algunos favores importantes, y Plácido se los cobrará así. Al descubrir de quién es hija la nueva empleada, habrá clientes que protesten, e incluso quienes abandonen ostentosamente el local para no volver nunca más. Pero don Mariano se encogerá de hombros: no puede fallarle a Bonet, y además está empezando a sentir mucha admiración por aquella mujer tan valiente, que jamás agacha la cabeza y es capaz de mirar al fondo de los ojos a cualquiera y devolver tranquilamente los cambios aunque la estén insultando. No está dispuesto a echarla porque unos cuantos intransigentes se empeñen en ello, ni siquiera aunque intenten cerrarle el café. Ha sido siempre un hombre razonable: por las buenas, todo. Por las malas, no hay quien pueda con él.

En cuanto a Teresa, Plácido le buscará algunas clases de piano entre las familias amigas. Pero el día en que deba acudir a darle su primera lección a Elenita Durán, que la espera impaciente al lado de su Pleyel recién comprado a un chamarilero, no se presentará. Esa misma tarde, en el buzón de la casa de Carmina aparecerá un sobre para María Luisa. Dentro, sólo una breve nota escrita a lápiz:

¿Recuerdas que una vez me dijiste que no debía permitir que hicieran callar la música que vivía dentro de mí? Ya

*no la siento. Ya no puedo tocar. Si miro mi interior, me veo
blanca y silenciosa, tan blanca y silenciosa como el paisaje
que cruzábamos en el tren. Todo es hermoso y suave, e infinitamente triste. Estoy muerta.*

*No me acuses, ni te acuses a ti misma. Si algo bueno ha
habido en mi vida en los últimos tiempos, os lo debo a ti y a
tu familia, y mi alma lo recordará esté donde esté. Eres mi
amiga y te quiero, y así seguirá siendo siempre.*

Su cuerpo no aparecerá. Nadie sabrá nunca qué
lugar ni qué manera eligió Teresa Riera para morirse de aquella vida tan fea que no supo ni quiso soportar. María Luisa irá a recoger las pocas cosas que
quedan en su casa. Antes de cerrar la puerta, se sentará ante el piano de papel y fingirá tocar en él la *Sonata en si menor* de Liszt. Teresa solía decir que,
oyendo esa música, era imposible no creer que el
hombre es igual a los dioses, dueño y señor de su
propio destino, digno de vivir y morir en libertad.

EPÍLOGO

LA RENUNCIA
—

El verano pasará rápido. Uno tras otro se irán los días largos, los cielos transparentes, el olor tibio del aire, los vuelos torpes de las gaviotas jóvenes, el esplendor de los árboles, la dulzura del sol sobre los cuerpos maltrechos. Una mañana, de pronto, los nubarrones negros se arremolinarán en torno a la colina del Paraíso, y extenderán luego su oscuro dominio sobre la ciudad. El viento arrancará a soplar con fuerza, arrastrando a su paso basuras y tierra. Las olas se enfurecerán, y una lluvia otoñal, fría, comenzará a caer sobre Castrollano, que parece encogerse y tiritar bajo esa avanzada de lo que habrá de ser un crudo invierno, sin carbón, sin calzado, sin comida. Para muchos también sin esperanza.

Uno de los primeros días de lluvia, Letrita saldrá muy temprano, mientras todas duerman aún en la casa. La breve luz de finales de septiembre todavía no se habrá abierto camino, aunque al acercarse a la playa, en el horizonte, algo brille ya y palpite. Letrita temblará un poco del frío, pero las campanas del convento de las agustinas, llamando a prima, parecerán reconfortarla. Sus golpes en la puerta sonarán pausados.

—Ave María Purísima.

—Sin pecado concebida. Vengo a ver a sor María de la Cruz.

Como si vagase entre los plátanos húmedos, su voz permanecerá largo rato en la plaza silenciosa.

Cuando regrese a casa, pasadas las 11, las nubes habrán desaparecido y la mañana habrá adquirido un tono azulado y brillante. Es domingo, y mucha gente pasea por las calles aún empapadas. Hay hombres insolentes que lanzan sus miradas llenas de soberbia sobre los otros, y hombres acobardados, que rehúyen los ojos ajenos. Mujeres emperifolladas que aprietan el misal entre las manos, anhelando ser vistas, y jovencitas flacas como husos que caminan vergonzosas, humilladas bajo el peso mojigato de sus mantillas. Hay tullidos mendigando, y viejas malolientes y enfermas que estiran la mano y parecen a punto de agonizar. Y niños, muchos niños, crías y críos revoltosos, tranquilos, harapientos, endomingados, llenos de piojos, rollizos, crías y críos que aún van rodeados de su halo de candidez, ignorantes de la vida pequeña y marchita que les espera, probablemente felices.

Al llegar delante del Ayuntamiento —en el que ya habrán comenzado las obras de reconstrucción que tratan de borrar del edificio el recuerdo de los bombardeos—, Letrita se tropezará con un grupo de falangistas. Ocupan buena parte de la plaza, cantando a voz en cuello el *Cara al sol,* alzados y firmes los brazos. La gente que pasa les devuelve el saludo y grita con ellos ¡Viva Franco! y ¡Arriba España! Algunos incluso se detienen a cantar. Letrita se alejará nerviosa del lugar, aunque aún alcanzará a ver cómo varios falangistas rodean amenazadores a un campesino. El hombre, pequeño y enjuto, ha pasado a su lado sin levantar el brazo y ni siquiera mirarlos. ¿Acaso no los ha visto o lo ha hecho a propósito? Un tipo recio, de bigote fino y mirada torcida lo agarrará por los hombros y le preguntará. El campesino se sentirá asustado, callará, bajará la vista al suelo, balbuceará una disculpa, buscará luego con los ojos una ayuda que no habrá de llegar. De pronto, el falangista echará mano a su pistola.

—¡De rodillas! —gritará.

El hombre asustado se tirará al suelo, golpeándose contra las piedras.

—¡Levanta el brazo!

Obedecerá, tembloroso y torpe.

—¡Canta el *Cara al sol!* ¿No me oyes, aldeano de mierda? ¡Canta!

El hombre asustado susurrará:

—No me lo sé...

El pistolero lo cogerá por los pelos y le obligará a levantar la mirada. El arma rozará ahora su frente.

—Con que no, ¿eh? Así que eres uno de esos rojos ignorantes que ni saben ni quieren saber... Pues yo te aseguro que vas a aprenderlo. ¡Vaya si vas a aprenderlo! ¡A hostias, si hace falta! ¡Camaradas! ¡Toca lección de canto!

Un coro de voces desapacibles arrancará la primera estrofa del himno. El cabecilla lo interrumpirá pronto con un golpe de su arma en el aire.

—¡Basta! ¡Ahora canta tú!

El hombre asustado apenas logrará abrir la boca, intentará repetir los dos primeros versos como un mudo que se afanase en hablar.

—¡No te oigo bien! ¡Más alto!

Volverá a cantar, algo más fuerte esta vez.

—¡Así me gusta! Ya seguiremos con esta lección. Ahora grita: ¡Arriba España! ¡Bien alto, que se enteren todos!

Y el hombre asustado gritará con toda la potencia de que dispongan sus pobres pulmones agarrotados del miedo. Apenas termine, la culata de la pistola se dirigirá directamente a su sien. Se quedará tendido en el suelo, desmayado del golpe que ya le va amoratando la piel. Los falangistas rodearán a su camarada y le darán palmadas en la espalda. El gentío se alejará del lugar, evitando al herido como si se tratase de un bulto peligroso. Los habrá que lamenten el incidente, pero disimulen como puedan su desagrado. Los habrá que aplaudan, y luego vayan a misa y comulguen y confíen a Dios su alma.

Esa tarde, Letrita reunirá a sus hijas en el comedor. Necesita hablar con ellas. A Mercedes se la han llevado a casa de Esperanza, la hermana de Margarita, para que juegue un rato con sus primos, que van criándose bien y por suerte parecen haberse olvidado de las penurias pasadas y hasta de la existencia de su padre y de su madre, a los que jamás mencionan. Letrita mirará a las chicas, tan flacas, tan ojerosas todavía, revolverá luego su taza de manzanilla. No ha podido echarle azúcar, imposible de encontrar en esos tiempos, pero a pesar de todo mantiene la costumbre de hacer girar muchas veces la cucharita, que choca contra la loza produciendo un sonido alegre, como el que acompañaba las ricas meriendas del pasado.

—Qué pena no tener unas gotitas de anís —dirá, observando atentamente la infusión humeante.

—No te preocupes, mamá, en cuanto se pueda conseguir, te compraremos no una botella, sino una caja entera —responderá Alegría entre risas.

—Si no me preocupo, están las cosas como para preocuparse por eso... Soy vieja, pero todavía no me he vuelto tonta. De lo que sí me preocupo es de Merceditas. —Las hijas se enderezarán en las sillas, atentas a sus palabras—. Hay que tomar una decisión con esa niña. Las clases están a punto de empezar. Esta mañana he ido a ver a mi amiga sor María, la que es monja en las agustinas. Me ha asegurado que, si nosotras queremos, la admitirán en el colegio. Sin cobrarnos nada.

Las cuatro mujeres permanecerán silenciosas un largo rato. Las cuatro pensarán en las miradas acusadoras, los insultos, las humillaciones, el doloroso castigo que reciben día tras día por haber creído que se podía construir un mundo mejor. Y pensarán en la niña a la que quieren por encima de todo, ajena a la crueldad en la que están viviendo, al peso insostenible de la derrota que se les ha echado encima aplastándolas. Mercedes inocente, llena de deseos como todos los niños del mundo, y condenada a vivir una vida tan distinta de la que habían soñado para ella.

Los ojos de Alegría parecen suplicar.

María Luisa resoplará, nerviosa. Aún tratará de resistirse, en un último esfuerzo de su entereza:

—Ya hemos hablado de esto otras veces... Si mandamos a la cría al colegio, a ése o a la escuela, da lo mismo, podemos imaginar lo que va a pasar. La van a educar como ellos quieran. La harán sumisa, devota, franquista. ¿Estamos seguras de que es eso lo que deseamos para ella?

—Ya... ¿Tú qué opinas, Feda?

Feda se recordará a sí misma, aquella muchacha

que hasta hace tan poco, hasta que Rosa y Simón la han rechazado abiertamente, ha vivido lejos de la realidad, en un mundo de ilusiones absurdas.

—Si Merceditas se queda en casa y no va al colegio, le haremos creer que la vida afuera es igual que aquí dentro. Y cuando tenga que salir, se confundirá y le harán daño y se sentirá muy desgraciada. En cambio, si se educa con otras niñas, quizá se convierta en algo que a nosotras no nos guste, pero sufrirá menos. Eso creo.

Letrita beberá un sorbo de su manzanilla. El calor le entibia el estómago. Qué fácil es equivocarse con los hijos, piensa, incluso cuando intentas hacerlo lo mejor posible y le das mil vueltas a cada una de tus decisiones. Ella ha cometido tantos errores, y sin embargo ha tenido mucha suerte: puede sentirse orgullosa de los suyos. Del pobre Miguel, que era tan bondadoso como su padre y tan apasionado como ella misma, de la tranquila Alegría, la valerosa María Luisa y hasta de la pequeña Feda, que ha crecido en estas últimas semanas más que en muchos años, y está volviéndose fuerte y segura. Cada uno de ellos es un ser humano decente. Quizá eso no valga mucho en estos tiempos, pero Letrita siempre ha creído que la conciencia limpia es lo único que te llevas a la tumba. Aunque hasta llegar a la tumba, hay que pasar por la vida. Y de eso nadie sabe nada.

—¿Y tú qué dices, mamá?

¿Qué habría decidido ella si se hubiera visto en una situación así cuando sus hijos eran niños? ¿Qué habría decidido Publio?

—Ya sabéis lo que digo. Lo mismo que os digo siempre. Que lo que más me gustaría del mundo es que la niña llegara a ser tan honrada, luchadora y libre como vosotras. Pero que lo que más me dolería es convertirla en una víctima de nuestras convicciones, por muy seguras que estemos de ellas. Por desgracia, éste es el momento que le ha tocado vivir. Claro que a nosotras no nos gusta. A nadie con un solo gramo de inteligencia le puede gustar este mundo intolerante. Pero, hoy por hoy, y si nadie lo remedia, la niña tiene que crecer en él. Me parece que Feda tiene razón, y que debemos permitir que Merceditas forme parte de ese mundo, aunque lo detestemos. Me parece que no tenemos derecho a encerrarla, que nuestra obligación es dejar que sea ella quien decida en el futuro qué clase de persona quiere ser. Pero en el futuro, cuando sea adulta, cuando tenga capacidad para aceptar las consecuencias de sus ideas y de sus actos, sean los que sean. No ahora que no es más que una niña. Ya habrá tiempo, y con la sangre que lleva, estoy segura de que tarde o temprano se rebelará. Aunque a veces también pienso que quizá me equivoque, y que si la ponemos ahora en sus manos, puede ser que después ya no tenga remedio. No lo sé. Y me pregunto quién podría saberlo. Ése es el riesgo que corremos. Pero la vida consiste en correr riesgos, no hace falta que os lo diga precisamente a vosotras. En cualquier caso, hijas, tenemos que elegir. Tenemos que hacer una renuncia. O nuestras ideas, o Merceditas.

María Luisa mirará durante un largo rato a Alegría.

—Tú no has dicho nada.

Ella bajará los ojos, contemplará su falda ajada, las manos resecas y amoratadas del frío.

—Yo sé que Mercedes tiene miedo. Por mucho que nosotras disimulemos, por mucho que le escondamos la dureza de lo que estamos pasando, la niña se da cuenta de que nos tratan mal. De noche me pregunta cosas y se abraza a mí, y aunque no me lo dice para no disgustarme, sé que está asustada. ¿Qué puedo pensar yo? Soy su madre, lo único que quiero es que no sufra. Daría mi vida por eso. ¿Cómo no voy a dar mis ideales? Pero tal vez no sea más que debilidad.

María Luisa guardará silencio durante unos instantes. Luego le sonreirá a su hermana:

—No, no es debilidad, tonta. También eso es la consecuencia de tus ideales: ser generosa, tanto como para renunciar a ellos, aunque se te parta el corazón. Es verdad, mamá, ya habrá tiempo en el futuro, claro que sí. Esto no va a durar para siempre.

Alegría suspirará:

—Dile a sor María que, de momento, la llevaremos al colegio.

Un griterío de golondrinas atravesará entonces el aire. Los nubarrones han vuelto a oscurecer Castrollano, y descargan ya una lluvia enfurecida. Los pájaros revolotean, se esconden, se buscan, entrecruzan sus alas para enfrentarse juntos a aquel repentino anochecer tan temprano y frío.

Afuera, los derrotados tratarán de superar una noche más. Las viudas buscarán un puñado de mondas de patata para dar de comer a los hijos, un trozo de carbón con el que calentarlos. En las cárceles, los presos aguardarán la hora inhumana del amanecer, cuando la voz resonando en la tiniebla anuncie los nombres de los que han de morir esa mañana.

Afuera, multitudes de almas se prepararán para guardar silencio, un largo silencio que habrá de cubrir sin piedad esas vidas a las que les han sido robados el pasado y la esperanza.

Las mujeres de la familia Vega observarán la caída de la noche, el vuelo agrupado de las golondrinas. En sus ojos se agazapará la sombra melancólica de la resignación, y también el fulgor obstinado del ansia de vivir.

ÍNDICE

—

Este libro se imprimió en los talleres
de Printer Industria Gráfica, S. A.
Sant Vicenç dels Horts
Barcelona